RYU NOVELS

パシフィック・レクイエム

黒十字と三色旗への使者

遙 士伸

この作品はフィクションであり、
実在の人物・国家・団体とは一切関係ありません。

CONTENTS

プロローグ

某日　太平洋上空

明灰白色に塗装された戦闘機が、蒼空を乱舞していた。艦載機としては機体は大型だが、それでいて動きはスムーズでスピーディーだ。

大面積の主翼による低翼面荷重がもたらす効果だった。

日本海軍の戦闘機は、伝統的に運動性能を重視して設計されてきた。蝶のように舞い、蜂のように刺すという、格闘戦を制することを理想とした戦術方針からである。

そうした意味で、この機も例外ではなかった。

太平洋上のきまぐれな風をしっかりと受けとめ、縫うようにして雲間を飛ぶ。自在な動きは日本海軍の戦闘機たる真骨頂と言えた。

しかし、この機には従来の機と決定的に違う点があった。

軽快だが力強さに欠ける。機体が華奢《きゃしゃ》で防御力に乏しい。絶対的な速度性能と急降下性能に見るべきものはない。

そんな日本海軍の戦闘機に吹聴された悪評を払拭《ふっしょく》する機だった。

「とにかく、この舶来品はものが違うからな」

日本海軍特務少尉藤見蓮司《ふじみれんじ》は、スロットル・レバーにかけた指に力をこめた。

回転計の針が跳ねあがり、BMW801Dエンジンの力強い咆哮《ほうこう》が高空に轟《とどろ》く。

（これだよ、これ）

胸を打つエンジンの鼓動は陣太鼓となって、パイロットの気持ちを高揚させる。

アドレナリンが分泌され、全身をめぐる血液が逆流せんばかりに沸騰する。

シートに押しつけられる加速感を味わいながら、藤見は満足げな笑みをこぼした。

「いい機体だ、この烈風は」

新型主力艦上戦闘機『烈風』は、日本海軍の戦闘機パイロットを魅了するに足るものに仕上がっており、動いて良し、走って良しの性能は「こんな機体を待っていた」と、多くのパイロットに言わしめるものだった。

尾部を長めに絞った胴体は夜空を行く彗星を思わせ、涙滴型コクピットと前面から見るとW字をした逆ガル翼とを組み合わせた機影は、空力学的に洗練された美しいものだった。

「待たされただけのことはあったかもな」

藤見が言うように、烈風の開発は順風満帆に進まなかった。

烈風の構想そのものは、従来の主力艦戦『零式艦上戦闘機』の量産化が進むころには、すでにスタートしていた。

航空機の進歩は目覚ましく、攻防性能はもちろん、速度性能や航続力等々、総合性能の向上が日進月歩で進んでいる。

零戦もその時点では完成度の高い機として、用兵側に満足して受けいれられていたが、すぐにでも「旧式機」になりうる。

特に、大型化と高速化が予想される敵の次期艦戦に対抗していくためには、こちらも先手先手を打っていく必要がある。

こうした方針で烈風の開発は進められた。

日本海軍の戦闘機は格闘戦で敵を打ちまかすべ

く、運動性能を最優先に設計された軽戦闘機的な位置づけの機が主流となってきたが、敵の重武装化が進んでくれれば、防弾装備の充実は避けてとおれない課題だった。

また、機銃の大口径化や携行弾数の増加、進化する補助兵装の追加装備等々による機体重量の増加と大型化は必然だった。

それに加えて、格闘性能の維持と高速化を実現するため、烈風には零戦からいっきに倍の出力となる二〇〇〇馬力級のエンジン搭載が必要とはじきだされたのだった。

もちろん大馬力とはいっても、爆撃機に搭載されるような大直径、大重量のものでは機動性が悪化する。

あくまで戦闘機のエンジンは軽量小型が前提となる。そこで白羽の矢が立ったのが、三菱で開発中の「誉《ほまれ》」だった。

誉は零戦が積む「栄《さかえ》」系列のエンジンと遜色のない大きさで、最大出力二二〇〇馬力を見込んだ高性能エンジンだった。

しかし、この誉が烈風開発の足を引っぱった。

軽量小型でありながら高出力という相反する点を両立させることはきわめて困難で、誉は不調にあえいだ。

振動の発生と部品の欠損、高回転域の不安定性……課題をひとつ消せば、代わって別の課題が出てくるという悪循環だった。

肝心要《かなめ》の心臓部が未完成では当然、機体開発の進捗は滞《とどこお》る。

こうして暗礁にのりあげていた烈風の前に救世主として現れたのが、盟邦ドイツだった。

工業の近代化と重工業の発達という点で、ドイツは世界的にも工業先進国であり、技術立国だった。

機械工学や電子工学などの基礎技術は日本の数段先を行っており、高い工業水準に裏打ちされた工業製品は性能、信頼性ともに抜群だった。

そのドイツとの同盟関係が深まったことが、烈風の運命を変えた。

誉の代わりとして移植されたＢＭＷ８０１Ｄエンジンは期待を上まわる働きを見せて、開発を担当していた三菱の技術陣を狂喜させた。

本来は自社製の誉の不出来が招いたことで、素直には喜べない状況のはずだったが、ＢＭＷ製エンジンを搭載した烈風の出来栄えは、そうした事情を忘れさせてあまりある素晴らしいものだった。

「来たか」

藤見は二重《ふたえ》の両瞼《まぶた》をぴくりと跳ねあげた。

蒼空の先に捉えた黒点が、三つ四つと湧くように増えていく。

敵機だ。

恐らく、アメリカの主力艦上戦闘機グラマンＦ６Ｆヘルキャットと思われる。

（いよいよおでましか）

藤見は両唇を引きむすび、内心でつぶやいた。すらりとした顔立ちを一段と引き締める。

Ｆ６Ｆはアメリカ軍機に共通した頑丈な機体と高速性能をあわせ持つ機だった。

従来機のＦ４Ｆワイルドキャットと基本設計は大きく変わらないが、エンジンの換装が飛躍的な性能向上に結びついていた。

太平洋上に敵なしと君臨した零戦を駆逐して、自分たち日本軍パイロットにさんざん手を焼かせた宿敵と言える。

容易ならざる相手である。ただ自分たちも、もう以前とは違う。それらを撃墜して一帯の制空権を握るのが、自分たちに課せられた最低限の使命だった。

失敗は許されない。

（これだけのものを与えられたんだ。駄目だったと、おめおめと逃げかえるようならば、死んで詫びるしかないだろうよ。来い！）

隊長機に続いて藤見らも突進した。

風防を押す風圧の高まりが、はっきりと感じられる。しかし、機体に異常な振動や異音の発生はない。

空力学的に洗練された機体形状が、巨大な大気の塊を滑らかに後方に逃がしている。

敵も最大速度で向かってきているのかもしれない。胡麻粒にも満たなかった敵機は、すぐに胴体と翼を見せ、航空機の様相を呈してくる。

数は自分たちより、やや多いように見える。

ネイビー・ブルーと呼ばれる濃紺に塗装された敵機が、壁となるように向かってくる。

流麗とはほど遠い太い胴体にファストバック式のコクピット、低翼式の主翼からなる敵機は、やはりF6Fだった。

「貴様の相手なんか、してられるかってよ」

主翼前縁を橙色に染めて向かってくるF6Fに対し、藤見は機首を跳ねあげてそれをかわした。

そのまま一発の機銃弾も放たず、敵編隊を貫くようにして上昇する。

相討ちとなる危険性が高い正面戦を、あえてここで受けるつもりは藤見にはなかった。

旋回して巴戦《ともえ》に入る敵味方は少ない。

F6Fは格闘戦に強い機ではない。自分たちの勝機は一撃離脱にあると、敵のパイロットは徹底しているようだ。

「だがな。それも否定されたら、どうする！」

藤見はフットバーを蹴り、操縦桿を左に倒した。

緩やかなV字をした右の主翼が跳ねあがり、視界が急転する。

垂直に傾いたところで、藤見は操縦桿を引きつけて左水平展開に転じた。

零戦以上とは言わないが、機体の大きさのわりには機敏な動きだ。旋回半径を機体の寸法で割った旋回係数なる数字でも出せば、烈風は世界一の艦戦に間違いないだろう。

ころあいを見はからって機首を下げる。

「よし。いい感じ、いい感じ」

藤見の眼前には、標的に定めたＦ６Ｆが無防備な背中を晒《さら》していた。

正面戦を避けつつも、藤見は無駄に一航過していたわけではなかった。

標的を探しつつ、最適な距離と角度をはかりながら、巧みに機を操っていたのである。

敵のパイロットからすれば、まったく唐突に藤見機が後ろに現れた印象だったろう。敵パイロットのぎょっとする顔が目に浮かぶようだった。

標的のＦ６Ｆが加速した。機体が左右に振れたところに、その慌てぶりがはっきりとわかった。

「逃がすかよ！」

機体は裏返しの背面飛行のままだったが、かまわず藤見はスロットルを開いた。

零戦譲りの尾部を絞り込んだ細長い機体が、矢のごとく飛翔する。

烈風は離されずに食らいつくどころか、むしろ彼我の距離は徐々に縮まっている。

「零戦のようにはいかんぞ、この烈風は！」

藤見は叫んだ。

日本軍機に襲撃された場合は急降下で離脱すべしという鉄則を、敵は忠実に実行したのだろうが、それが有効に機能したのは過去のことだ。

零戦ならばあっさりと振りきられただろうが、烈風はそれを許さない。

速度性能も機体強度も増した烈風と零戦とでは、急降下時の限界速度がまるで違う。

速度計が跳ねあがっても、きしんだり、不気味に震えたりせず機体は安定している。

それに加えて……。

「これもいい」

両翼から噴きのびる太い火箭《かせん》に藤見は嘆息した。照準環の中心に向かって、まるでレールにでものっているかのように直進していく。

ドイツ製のマウザー二〇ミリ機関砲が見せる、低伸性に優れた弾道である。

口径が同じ二〇ミリでも、零戦が装備していたスイス・エリコン社製の二〇ミリ機銃は銃身が短く、初速が遅かったため、弾道が途中でおじぎする小便弾が多かったが、マウザー機関砲ではそうした心配は無用だ。

いかに頑丈に造られたF6Fといえども、二〇ミリ弾の直撃には耐えられまい。

命中の閃光《せんこう》に続いて大小の破片が飛びちり、黒煙が吹きだした。

それでもなお標的は飛びつづけたが、それも数秒の間だった。まもなく鈍い音を残して、主翼が根元付近から折れとんだ。

艦上機の宿命である、構造的にもっとも弱い折りたたみ機構の接合部が被弾によって傷つき、空気抵抗に耐えきれず破断したものと思われる。

「よっしゃあ！」

バランスを崩して墜落する標的を目にしながら、藤見は奇声を発した。

白煙の残る空域にそのまま機体を突っ込ませたが、それはいささか強引すぎたようだ。

視界が一瞬閉ざされて戻ったときには、敵の火箭が迫っていた。

「ちい！」

藤見は左の急旋回でそれをかわしたが、その先には待ちかまえている敵がいる。どうやら藤見は、敵の術中にはまったようだった。

「調子にのりすぎたか。自ら作った隙に敵を呼び込んだ。敗因は俺だ」

藤見は被弾を覚悟した。

要所を外れてくれればもうけものだが、エンジンを直撃されたり、尾翼を噛みちぎられたりすれば墜落は免れない。

ましてや、風防を撃ちぬかれて自分に敵弾が命中すれば、その時点で勝負は決してしまう。

嫌な光景が脳裏をよぎった。

真っ赤に染まった風防と操縦席に突っ伏す自分、海面に叩きつけられて断裂したり、集中射を浴びて空中分解したりする機体……いずれも哀れな最期だ。

目の前が暗転した。

「あの世への旅立ちか」

藤見は双眸《そうぼう》を閉じた。

衝撃に機体が震えた……が刺すような痛みも、焼けつくような感覚も、天地がひっくり返るような反動も、なにもなかった。

双眸を再び開いた先には、これまでと変わらぬ蒼空が広がっていた。そして、自分を待ちかまえていたはずの敵機の姿は消えさっている。

「不死身の蓮司は健在なり」

数々の戦場をくぐり抜けてきた間についた自分のあだ名を、藤見は口にした。

敵の待ち伏せに遭っても、必ず生還する。負傷しても、しぶとく帰還する。

藤見の技量と強運と執念とを称えて、仲間がつけたものだ。

もちろん、今のつぶやきにそれを誇る気持ちは入っていない。自分の力を過信し、敵を侮《あなど》って招いた危機だ。

安堵と自分を戒める思いが、そこにはこめられていた。

「あれか」

黒十字の識別表示をつけた機が、おもむろに視界を横ぎった。

盟邦ドイツの所属機である。

日独共闘は太平洋に新風を呼び込んだ。

そして、その合作である艦上戦闘機は、太平洋の空を支配する覇者たらんとしていた。

某日　太平洋上

日本海軍大尉蜂矢凛《はちやりん》は、いつもの仏頂面で淡々と任務にあたっていた。

人の様子をうかがいつつ、心を明かさない。感情を表に出すことはあまりない。

それが、蜂矢という男だった。

そうした性格もさることながら、蜂矢の持つ異色の経歴がその立ち位置を決定づけた。

蜂矢は海軍軍人ではあるが、砲を撃ったり、魚雷を放ったりする兵科の者ではない。いわゆる技術屋だった。

一般大学を卒業して海軍に入隊した。採用になった理由は、機械工学を専攻してドイツ語に明るいからという変わり者である。

海軍とすれば、当然、その特技と長所を生かそうとする。そこで蜂矢には、ドイツ製兵器の搭載と評価という任務が与えられた。

仕事柄、年齢や階級に関わらず、艦隊や戦隊の旗艦に乗り込むことも多くなる。

こうした事情から海兵出の士官たちには、正直うとまれていたが、それで萎縮したり卑屈になったりする蜂矢ではなかった。

蜂矢は今、イタリア戦艦『ヴィットリオ・ヴェネト』の甲板を踏んでいた。日本海軍の艦艇ではなかったが、ドイツ製の新型ラダール、日本で言う電探を先んじて搭載したことへの評価、立ちあいを許されたのである。

（しかしな）

国籍が違うと、こうも違うものなのかと感じさせられる蜂矢だった。

初めて乗ったイタリア戦艦は、外見も内装も計器類の配置なども、日本のそれとはまったく異なるものだった。

日本海軍の艦艇は、必要最小限の空間にどれだけ多くの装備を詰め込むかを徹底的に追求している印象があるが、このイタリア戦艦は主砲塔などの主装備も、艦内部の補助装備や区画割りも、全体的にまばらに思えてならなかった。

戦闘艦としての良し悪しを度外視すれば、余裕があるのだ。

また、やはりルネサンス発祥の地であるイタリア人気質ゆえか、随所に遊び心もうかがえた。無駄なぜい肉を極限まで削ぎおとして、限られた艦体に驚愕の強武装を施した「飢狼」とさえ称された日本海軍の重巡とは対照的だった。

「良い艦でしょう。ねえ？」

イタリア海軍の連絡士官ミムモ・パルミオッタ大尉が寄ってきた。小柄で太めの体形はいいとして、評判はイエスマンと今ひとつの男である。

「さすが新鋭艦たる洗練された力を感じます」

蜂矢はあたりさわりのない言葉で返答したが、それは世辞や誇張でなく事実でもあった。

一九二二年に締結されたワシントン海軍軍縮条約は、世界の海軍史にきわめて大きな影響をもたらした。

主要国の主力艦保有トン数を制限するとともに、

原則的に新規建造も禁止したからである。

そのため条約が破棄されるまでの一四年間は、「ネイバル・ホリデー（海軍休日）」と呼ばれる各国海軍の停滞期にあたることとなった。

そうした状況下で『ヴィットリオ・ヴェネト』は条約明けに建造された新戦艦として、世界でもっとも早く戦列に加わる艦となった。

一四年という歳月がもたらす技術革新は目覚ましく、最新技術が惜しみなく投入された『ヴィットリオ・ヴェネト』の仕上がりは、たしかに鮮烈なものだった。

「まばら」という印象はあったものの、艦容は凹凸が少なくすっきりとまとまった近代的なものに仕上がっている。

凌波性を重視して、艦首は海面に対して斜め前方に突きだすように延長され、艦体は縦横比が大きい細長くスマートに設計された。

これらと最大出力一三万馬力のベルッツォ蒸気タービンとを合わせて、『ヴィットリオ・ヴェネト』は三〇ノットの速力を発揮できるとされている。

これは二〇ノット台前半が主流だった条約以前の旧式戦艦からすれば隔絶した高速性能であり、当時の巡洋戦艦なみの速力だった。

主砲は三連装砲塔三基にまとめられている。口径は一五インチとけっして大きくはないが、砲身は五〇口径の長砲身として初速を高め、射程と威力を増している。

それを制御する艦橋上部の二重測距儀が特徴的で、まさに新世代の戦艦と呼ぶにふさわしかった。

これが額面どおりの力を発揮すれば、対米戦においても有力な戦力となる。ドイツ製の装備で力を増せば、なおさらだった。

「チェ・リアッツィオーネ・アル・ラーダル（レ

ーダーに反応あり）！」

「所属不明機です。真方位一五五、距離一〇〇海里」

「ほう」

艦内がざわめいた。

この距離では当然、肉眼による識別は不可能だ。しかも敵機役の標的は単機と予告されている。大編隊の大きな目標ならばともかく、航空機一機という小さな目標を、この遠距離で探知できるとは噂に違わぬ性能だ。

見張員の報告は、それからしばらくしてのことだった。

「敵味方不明機発見。真方位一五五」

「おおっ」

今度はざわめきをこえて艦橋内がどよめいた。

これでドイツ製ラダールの正しさが証明された。

先の報告を懐疑的に聞いていた者たちも、このの裏づけによって認めざるをえなくなったのである。

「我が国が開発した機器だ。驚くには値しない」

興奮ぎみのイタリア海軍将兵を横目に淡々と発したのは、ドイツ海軍から派遣されている連絡士官アクセル・モルガン大尉だった。

高い背丈の上で揺れる翠眼《すいがん》は涼しげだった。

「見たまえ。我が国の科学技術は世界一だ。それが生みだす機器が凡庸であるはずがない」

モルガンは祖国とその歴史に誇りを持っていた。

規律正しい行動は軍人の鏡であると評判だったが、蜂矢と同様に日本語が堪能であることが連絡士官に任ぜられる決定打だった。

そして、モルガンはそれだけではない。

「もちろんだ。リン」

モルガンは親しみをこめて、蜂矢をファースト・ネームで呼んだ。

「君たち日本海軍もイタリア海軍も、こうしたものを適切に、かつ我々以上に使いこなしてくれるものと信じているよ。用途開発という意味で、盟邦への提供は我々としても興味深く考えている」

モルガンは盟邦への敬意を忘れていなかった。

ただ単に自分たちの技術や装備を自慢したのでは嫌みに聞こえるだけだが、こうしたフォローをさりげなくできるのも、連絡士官としてのモルガンの資質だった。

もっとも、蜂矢は別のことを考えていた。

たしかにドイツ製のラダールが高性能であることは認める。戦艦や巡洋艦に搭載した場合、敵の空襲を想定した早期警戒に役立つこともたしかだろう。

しかし、それが空母となれば別だ。

有力な艦載航空機隊を擁し、その運用や戦術にも長《た》けている自分たち日本海軍ならば、艦隊の周囲には直衛の戦闘機を常時あげておくことが可能である。

そうなれば、単にラダールで敵を捕捉するのではなく、直接攻撃して退けることすらできるだろうと。

ただ、ここは戦術議論の場ではない。

蜂矢はあえてそのことを口にしなかった。

「次、始まります」

パルミオッタの声に、モルガンと蜂矢は視線を海面に移した。

今度は水上ラダールの評価だった。

主に索敵用として使われてきた水上ラダールは、濃霧のなかから敵をあぶり出すなどの効果をあげてきたが、それを射撃に応用できないかという試みだった。

これが、モルガンの言う用途開発である。ドイツ軍でそうした試みを実施した事例はなかった。

射撃にあたっての測的は、光学的手段を用いるのが基本となる。基線長一〇メートル内外の巨大な測距儀をとおして、望遠レンズ越しに目標との距離や方位のずれを確認する。

当然、夜間や悪天候時には著しく観測が困難となるため、そうした影響を受けにくいラダールを使おうという狙いは、基本的には的確なはずだった。

「砲撃試験、始めるぞ」

イタリア東洋艦隊司令部参謀長ファビオ・リオーネ少将が、一同を見まわして宣言した。ついで司令官ステファーノ・ボニーニ中将に報告する。

「当初の計画どおりにいきます」

「いつもの測距儀は使わんのかね」

「はい、そうです」

「まったく？　補助としても？」

「いっさい、なしです。そのための試験ですので。完全電測での結果を見極めるのが今回の目的です」

小首をかしげるボニーニにリオーネは言いきった。今さら確認するまでもないという、いっさいの妥協や躊躇《ちゅうちょ》のない口調だった。

イタリア東洋艦隊は実質的にリオーネが仕切っていた。

なにごとにも楽観的なボニーニに対して、現実主義者のリオーネが常に先まわりして、細かく指示を出そうとする傾向にあったからである。

リオーネは頭の回転が速く、秀才的な男だった。ただ、対するボニーニもローマの彫像から抜けだしてきたかのような、長身で筋骨隆々とした外見は立派だった。その姿からなんとも間の抜けた言葉が出てくる落差がまた、イタリア東洋艦隊の名物でもあった。

「スパラ（撃て）！」

アンサルド五〇口径一五インチ砲が、巨大な煙塊を吐きだした。

砲声と反動はなかなかのものだった。

腹の奥底に石の拳《こぶし》を打ち込まれたかのようであり、口径一五インチとはいっても新型の砲であるぶん、感覚的には『長門』『陸奥』の一六インチ砲をも、しのぐかもしれないと思わせた。

「弾着！」

さすがに初弾命中とはいかなかった。

白濁した水柱は、すべて標的の前方に突きたっている。

「第二射！」

再び轟音が大気を揺るがし、黒煙が視界を遮《さえぎ》った。重量八八五キログラムの徹甲弾が洋上を駆け、標的めがけて殺到する。

「命中なし」

今度も『ヴィットリオ・ヴェネト』の砲撃は標的を捉えるには至らない。

初速八七〇メートル毎秒で放たれた一五インチ弾は、むなしく虚海を抉《えぐ》って終わっている。

第三射、第四射も同じだ。

弾着の水柱は標的を前にして、右往左往するだけだ。

「まだまだだな」

落胆のため息が、そこかしこから漏れた。難しい顔をしてうなる者がいれば、肩をすくめてお手あげだとポーズをとる者もいる。

「まったくそのとおりでございます」

そこで大声をあげたのはパルミオッタだった。

「艦長や参謀のお考えは、実に正しい。これでは使いものになりませぬ」

揉み手でパルミオッタは続ける。

「そう。初めから疑わしいと思っておられた。僭《せん》越《えつ》ながら弊職も、それにずっと同意させていただいておりましたです。はい」

「…………」

蜂矢とモルガンは顔を見あわせた。絶句して、あからさまに渋面をぶつけ合う。

パルミオッタがこうした体質の男だと知ってはいたが、これだけたたみかけられると呆れて言葉も出ない。

これでは軍務ではなく、ごますりだ。

「気にすることはないさ。必要以上に大袈裟なもの言いは、自分もどうかと思う」

「大丈夫だ」

気づかう蜂矢にモルガンは小さくうなずいた。

「水上ラダールの性能は、期待した水準には届いていなかった。その事実をねじ曲げることはできない。事実は事実として受けとめないとな」

満足な結果を得られず、低調なまま砲撃試験は終わった。

ただ、その場にいた多くの者たちが「使えない」と切って捨てるなかで、蜂矢の感触は違っていた。

たしかにドイツ製の最新水上ラダールは、射撃照準に耐えうる精度のものではなかった。少なくとも現状、電測値単独で有効な砲撃は望めない。

それは事実である。

しかし、箸にも棒にもかからないものと考えるのは早計だと、蜂矢は考えていた。

弾着の水柱はいずれも標的の左右にずれたものであり、前後に大きく外れたものはあまりなかった。

すなわち、方位に関しては改善の余地があるものの、距離に関してはそこそこ使える可能性がある。ラダールをひとつではなく、複数を使って確率をあげれば距離の精度も増すかもしれないし、方位にしても他艦と観測結果を共有して三角測量の原理を応用したりすれば、改善できる可能性もなくはない。

ラダールを使った照準装置——電波照準儀は今すぐできるものではないが、そう遠くない未来の技術であると蜂矢には思えた。上層部にも、そのように報告するつもりだった。

「本日の試験評価は、これで終了です」

「そうか」

ボニーニから特に指示がないことを確認して、リオーネは命じた。

「反転だ。帰還しよう。全艦に通達」

護衛の駆逐艦らを引きつれて、ゆっくりと反転した『ヴィットリオ・ヴェネト』だったが、再びその艦内がざわつく。

「どうした？」

「正面から接近する艦影があります」

「艦種は？」

「巡洋艦ないしは戦艦らしい」

「巡洋艦か戦艦？」


蜂矢は双眼鏡を手にした。

距離があるため詳細を見極めることはできないが、たしかに空母ではない。

艦上に檣楼《しょうろう》状の艦橋構造物があることだけは、はっきりとわかる。空母ならば、平らな飛行甲板が載った独特の形状をしているはずだ。

また、けっして貧相に見えないことから、駆逐艦という選択肢もないということだ。

（主砲塔が二基か）

艦橋構造物の前に、雛壇《ひなだん》式に載っているらしい箱状の構造物が見えた。大きさも同じようだ。

艦首に立つ白波はあまり高くはない。それほど速力が出ていない証《あかし》である。

この海域に敵の水上艦がいる可能性は一〇〇パーセントない。

そうした意味では、不安なしに見ることができるはずだが、なにか胸騒ぎがした。

「両舷に副砲塔ないしは高角砲塔」

「主砲は三連装と思われる」

少しずつ艦容があらわになってくる。

モルガンも、いつのまにかパルミオッタも目をしばたたかせながら、接近する艦を興味深く見つめていた。

「接近する艦は日本軍の所属」

「艦幅に余裕あり」

「なに!?」

蜂矢はさらに注意深く凝視した。

(我が軍の、三連装の主砲、広い艦幅……まさか!)

その「まさか」は的中した。

「おおっ」

至近に迫る艦に、艦内が大きくどよめいた。

遠目には戦艦か巡洋艦かの区別がつかないほどスケール感がわかりにくかったが、接近したところで、それがとんでもない代物だとわからせられた。

まさに圧巻の姿だった。

艦幅のみならず、艦の大きさや艦橋構造物などすべてが大きい。その艦体にも比して、どっしりと座った三連装主砲塔は小山ほどにも見え、圧倒的な重量感を放っている。

さらに、艦の中心に据えた艦橋とその周辺に各種の構造物がまとめられた姿は近代的であり、一本にまとめられて後傾斜した煙突と三本に分かれたメインマストはその象徴と言えた。

「大きいな。この四万トンを超える『ヴィットリオ・ヴェネト』ですら巡洋艦にしか見えないくらいだ。それでいて……美しい」

モルガンは、反《そ》りあがった艦首から、いったん沈降して再度跳ねあがる最上甲板の曲線を念頭につぶやいた。

「しかし、リンよ。貴軍も途方もない艦を造ったものだな。脱帽だ。敬服するよ。聞きしに優るとはこのことだ」

「そうですねえ。認めざるをえませんねえ」

嘆息するモルガンのかたわらで、パルミオッタはその艦を見あげた。

「これが噂の」

「ヤ、マ、ト」

蜂矢とモルガン、パルミオッタの声がそこで一致した。

『ヴィットリオ・ヴェネト』と同じく、ワシントン海軍軍縮条約明けに日本海軍が建造した戦艦『大和』だった。

『大和』は、仮想敵アメリカが建造してくるであろう条約明けの新造戦艦を凌駕すべく、日本海軍が心血を注いで造りあげた結晶たる艦だった。

『大和』は周囲を睥睨《へいげい》するようにして『ヴィットリオ・ヴェネト』とすれ違った。

そのメインマストには、旭日の上下に赤帯をあしらった大将旗が翩翻《へんぽん》と翻《ひるがえ》っていた。

第一章
黒十字の海鷲

一九三七年一一月五日　日本海

真新しい飛行甲板が、陽光を受けて燦々《さんさん》と輝いていた。

その飛行甲板はほどよい高さで艦体の上に載り、両舷のスポンソンには高角砲と機銃が機能的に配置されている。

空母の黎明期に見られた平射砲や気流を乱す余計な艦上構造物の類《たぐい》はいっさいない。

機関からの排気を逃がす煙突と、最小限にまとめられた島型艦橋が、右舷に無駄なく配置されているだけだった。

この十余年の間に蓄積した艦載航空技術の粋を尽くして日本海軍が完成させた空母『蒼龍』である。

『蒼龍』は艦載機の搭載機数や速力など、各種性能が高い次元で機能的にまとめられ、外見もそれに応じたすっきりと洗練されたものに仕上げられている。

「いやあ、まさに新世代の艦という印象ですなあ。新しい力の躍動といったものが、びしびしと頬を叩くようですわ」

ハデラー造船総監を筆頭とするドイツ海軍視察団の一員であるステファン・カウフマン海軍中佐は、しきりに感嘆の息を吐いていた。

島型艦橋上部に設けられた露天の防空指揮所か

ら眺める光景は新鮮だった。

一九二二年に締結されたワシントン海軍軍縮条約によって、主力艦の保有トン数を対米英比六割に押さえ込まれた日本は、数的劣勢を個艦優勢によって補おうとするとともに、新戦力の開拓に注力していた。

そこで目をつけたのが航空だった。

ワシントン条約は戦艦だけでなく、空母もその対象とされていたため、空母の隻数を増やすことはできなかったものの、艦載航空戦力は空母という器ではなく艦載機という中身によって決まる。

航空の発展は近年目覚ましいものがあるが、サイズや発着艦性能必須という制約の多い艦載機については、世界中の海軍のどこを見渡しても、まだまだ手探りに近い。

その運用研究に関しても、まだまだ発展途上だ。

こうした状況から、日本海軍は艦載機の開発と運用研究を重視して取り組んできた。

そして、ドイツ海軍が抱える問題と背景には、日本海軍と共通のものがあった。

かつてイギリス海軍と肩を並べるほどの大艦隊を擁していたドイツ海軍は、第一次世界大戦の敗北で、そのすべてを失った。

三流海軍以下に貶《おとし》められたドイツ海軍は、英仏の厳しい監視下に置かれ、日本海軍以上に保有と活動に制限をかけられてきた。

ドイツといえばまっさきにUボートが思い浮かぶが、ドイツ海軍はあらゆる面で新戦力を欲していたのである。

「この艦は我が軍の自信作ですからな」

カウフマンのみならず、視察団一行の熱い視線に気をよくして、『蒼龍』初代艦長寺岡謹平大佐は胸を反らせた。

驚いてもらって当然、期待どおりの反応だという寺岡の様子だった。

「本艦は一万トンそこそこと控えめな艦かもしれませんが、搭載機数は常用、補用合わせて七二機と、より大型の『赤城』『加賀』にも匹敵いたします。戦艦や巡洋戦艦から改造されたそれらと比べて、初めから空母として設計され、なおかつ数々の新機軸を盛り込んだ本艦は、艦載機の運用能力という点で、むしろそれらをしのぐとさえ考えております」

もちろん、カウフマンらの興味は「器」たる『蒼龍』だけではない。『蒼龍』からは九六式艦上戦闘機が盛んに発艦していた。

九六艦戦は前年に制式化された新型艦戦であり、日本海軍内の評価も高い機だった。

全長七・六メートル、全幅一一メートルの機体は全金属製の低翼単葉で構成された近代的なものであり、機首に埋め込まれた単発の寿四型エンジンは、これを最大時速四三二キロメートルで飛ばす。

小型で、一見して弾丸を前後逆にしたような形状に見える外観だが、主翼両端の楕円や滑らかに仕上げられた胴体など、曲線を多用した機体は空力学的にも優れている。

高速力に加えて、九六艦戦の評価を高めていたのが、操縦安定性と複葉機にもひけをとらない運動性能だった。

一般的に航空機設計の常識では、単葉は高速力発揮に有利である反面、高い運動性能の確保は困難とされてきた。

その両立をなし遂げた九六艦戦は、世界的に見ても先進的な機だった。

艦載機といえば鈍足の複葉機を思いうかべ、現状一隻の空母すら持たないドイツ海軍からすれば、青天の霹靂《へきれき》といっても過言ではなかった。

九六艦戦の動きは、まさに「軽快」と呼ぶにふさわしかった。

発艦の際に飛行甲板の先端までいって、かろうじて飛びあがる機は少ない。大部分は飛行甲板の前寄りまでいったところでふわりと浮きあがり、そのまま天を目指して上昇していく。

すでに発艦した機のなかには、模擬空戦を始めた者たちもいる。

旋回を繰りかえした九六艦戦が描く飛行機雲が複雑に絡みあい、蒼空に白い輪を描いていく。そのひとつひとつの輪は小さい。それだけ旋回半径が小さいことを意味している。

九六艦戦が銀翼を翻すたびに、反射した日光が白金色に閃《ひらめ》く。

「あれなら陸上機と変わらんな」

「いや、それ以上かもしれん。我が軍の戦闘機も格闘戦では歯が立たんだろう」

「トミー（イギリス人）の航空機など、かたなしだ」

「北海も北極海も、制空権がとれれば戦略の根本が変わってくるぞ」

「必要以上に大きくないのもいい。分解輸送が楽だし、野戦飛行場での運用にも、もってこいだ」

視察団の間で称賛の声が相次いだ。

単なる機体の印象から、それは戦術論や戦略論まで広がる。それだけの可能性を秘める代物だった。

「こうした艦載機そのものの性能もさることながら、空母という存在が行動範囲を大きく広げ、かつ運用も柔軟なものにしています」

視察団の実務責任者であるウルフ・ホフマン少将に、寺岡が自慢げに説明した。

「洋上遠くでの作戦行動を可能とすることはもちろん、艦隊の防空、広範囲の偵察、船団護衛、なんでもできます」

「たしかに、そのようですな」

ホフマンは低くうなった。

「ただ、そうなりますと、任務に応じて空母や艦載機もそれに特化したものがあれば、なおいいように思えますが」

「もちろんです。ですから」

そこで、はっとして寺岡は口をつぐんだ。

艦艇にしても航空機にしても、新規開発に関わる情報は軍機中の軍機である。戦略構想にしても機密情報には違いない。

「構わんよ」

それらを理解して割って入ったのは、航空本部長山本五十六中将だった。

「大切な盟邦には信頼を醸成したうえで、真摯《しんし》に対応せんとな。こちらが信頼してそれなりの対応を見せれば、相手もそれに応える。そうでしょう、ホフマン少将」


「そうおっしゃっていただけると助かります」

ホフマンは小さく頭を下げた。

「言われたように、この『蒼龍』のような空母を船団護衛につけるのはいかにも惜しい。

いや、本来ならば、空母もやたらと複数の艦型を造らずに同型艦を多数建造したほうが生産性の観点からはいいのですが、我が軍にはそんな財政的余裕はとてもありません。

船団護衛は、より小型の空母、さらに極端な話、商船を改造した程度ですまそうと考えております。ただ、艦上戦闘機については護衛に特化した機を造る計画はありません。

これは艦船以上に、工場の生産性に直結する問題ですので。しいて言えば、水上機で代用する程度でしょうな」

「ごもっともな考えと存じます」

ホフマンはゆっくりとうなずいた。

艦載航空の分野に限れば、ドイツ海軍は日本海軍の足下にもおよばない。すべてが輝いて見えても不思議はなかった。

ただ、本当の驚きはまだ別にあった。

「本部長、そろそろ例のものが参ります」

「ああ、頃合いだな」

寺岡の報告に山本は含み笑いを見せた。

ほどなくして、水平線の陰から複数の機影が現れた。

「右舷前方に不明機。低空より接近中」

「面舵三〇！」

寺岡は命じた。

発艦作業を終えていた『蒼龍』が、艦首を右に振りむけようとする。もちろん、駆逐艦のような鋭い反応は期待できない。

『赤城』『加賀』に比べて小ぶりだとはいえ、それでも『蒼龍』は一万五〇〇〇トンを超える大艦である。舵を切ってもなかなか艦体は言うことを聞かない。舵が利くまでには、それなりの時間がかかる。

もちろん、それを見越した寺岡の指示でもあった。

現れたのは三機だった。海面に貼りつくような低空を高速で突きすすんでくる。

『蒼龍』の艦首が徐々に右に流れた。

全長二二七・五メートル、全幅二一・三メートルの艦体が、海水を押しのけながら向きを変える。不明機と正対して、「的」をなるべく小さくしようという針路だ。

山本はホフマンを一瞥《いちべつ》して、表情の変化を感じとった。初めは戸惑った様子だったが、不穏な空気を察して硬い表情に変わっている。よく見れば、頬がかすかに痙攣《けいれん》していたかもしれない。

引き連れた幕僚たちも、一様に緊張した面持ちを見せている。

不明機は大きく左に旋回した。『蒼龍』から見れば、右に先まわりするような針路だった。

「きっと、そうくるだろうと思っていたよ」

寺岡は不敵に笑った。

「面舵一杯！」

『蒼龍』は回頭しつづけた。右に右にと曲がる艦首が、時計まわりに弧を描く。

切り裂かれた海面からあがる飛沫は、左舷に白い霧となって流れ、左舷舷側が立てる波はきれいに扇状に広がっていく。

右舷に移りかけた不明機が正面に、そして左舷に移動していく。

「舵そのまま。戻さず切りつづけよ！」

寺岡の声も次第に熱を帯びていた。

ドイツの視察団に対するデモンストレーションの目玉は、実はここにあった。

『蒼龍』ほどの大艦が全力回頭するのは、そうしばしばあることでもない。

合成風が強風となって左に流れ、マストに掲げられた旭日の軍艦旗が音をたててはためく。

回頭を続ける『蒼龍』は、ついに半円を描いて反転した。

「舵戻せ。舵中央。両舷前進全速！」

（どうだ。ここまですると思うまい。とうてい追随するなど……）

振りかえりかけたところで、寺岡は雷に打たれたかのごとく動きを止めた。

開いた両瞼がぴくりとも動かない。左右の瞳には、信じがたいものが映っていた。

「不明機三機、左舷正横。近い！」

「なぜ、ここにいる！」

寺岡は己の過《あやま》ちを悟った。

左に旋回した不明機は、やがて右に旋回しなおして襲撃してくるだろう。そうすることで、襲撃に最適な正横に占位できると考えるからだ。

そう考えた寺岡は舵を切りつづけることで、不明機に対して艦尾を向けようとした。艦首と艦尾を入れ替えて投影面積を再び極小とすることで、攻撃を受ける危険性を最小化するためだ。

だが不明機は、さらにその上をいっていた。

左に旋回して右に切りかえすことなく、大きく迂回して逆戻りしてきたのである。

それによって、『蒼龍』は攻撃されるのに最適な位置を奪われた。

会心の策と思っていたはずが、実は釈迦の掌《てのひら》の上で踊らされていたにすぎないようなものだった。

(いつのまに)

航空機と艦艇との速力と機動性の差は、これほどまで顕著なものなのかと、寺岡は唇を噛んだ。

完敗だった。

「脚がありませんが、あれも艦載機ですか」

「もちろんです」

ホフマンの問いに山本が答えたところで、爆音が一段と高まった。

不明機とはいっても敵ではなかった。それはいいが……。

「戦闘機!?」

ホフマンは目を剥《む》いた。

九六艦戦より大型の全金属製単葉機が迫ってくる。エンジン音が共鳴して轟く。もはや会話は成りたたない。

一番機が『蒼龍』の艦上を通過した。艦首を通過した一番機に続いて、二番機は艦橋に近い部分を横ぎる。

全速回転するプロペラと機首に埋め込まれた単発エンジンの回転音とが、混ざりあいながら艦上に叩きつけ、直線翼と胴体、逆T字の尾翼が風を巻く。

そして三番機は、ついに艦橋の直上を飛び抜けた。高度差は一〇メートルもないと思えるほどの低空だった。

誰もが耳をふさいだり、飛ばされないように帽子を押さえたりするのに必死だった。そして、呆気にとられたように三機の後ろ姿を見送る。

「三座？」

長い風防に気づいてつぶやくホフマンに、山本は「いかにも」と額《ひたい》を前に倒した。

「おっしゃるとおり。あれは三座の艦攻であって、戦闘機ではありません」

「艦攻、ですか」

ホフマンは驚きの声を漏らした。

「戦闘機でもないのに、あれだけの速力を」

「そうです。あれは今年制式化されたばかりの九七式艦上攻撃機です。機体は全金属製で、主脚を翼内に引き込んで空気抵抗を低減させる。当然、主任務は雷撃です」

「雷撃⁉　ということは」

「そう」

山本は口端《こうたん》を吊りあげた。

「あれが魚雷を放っていれば、本艦は間違いなく被雷していたでしょう」

山本の言葉には、どこか楽しんでいる様子があった。

航空本部を預かる者としては、近年見られる航空の躍進ぶりには讃嘆の思いだったし、新型機の期待どおりの働きぶりには子供や弟子の成長を見る思いだった。

「しかも片舷三本となれば、沈没していた可能性も高い」

「沈没……」

（これほどの大艦が、ちっぽけな航空機に沈められるというのか。しかも、これほどあっさりと）

ホフマンの頬が驚きに引きつった。

「無様なところをお見せしてしまって、情けない限りです。自分の力不足以外のなにものでもありません」

深々と頭を下げる寺岡に山本は呵々《かか》と笑った。

「気にすることはない、艦長。実戦となれば話は別だ。そうそう簡単にはいくまい。

対空砲火だってあるし、空母が単艦でいることなど滅多にない。駆逐艦や巡洋艦の護衛をかいくぐるのも容易ではないしな」

「はっ」

「新鋭空母が簡単に沈んでもらっては困るのでな」

山本はあえてつけ加えた。

「もっとも、敵も同じように死にものぐるいで抵抗することはわかりきっている。そこを突破して沈めるだけの機体に仕上げようとはしているがな」

「いやあ、恐れいりました」

「素晴らしいものを見せていただきました」

「噂以上のもので驚きました」

「艦載機がこれほどのものだとは、予想もしておりませんでした。我が軍でもぜひ戦力化したいものです」

「艦戦の空戦性能にも舌を巻きましたが、艦攻の動きには脱帽です。イギリス軍の艦攻など比較にならないでしょう」

視察団の感想は讃辞一色だった。それをホフマンがまとめる。

「同盟を結んでいる相手とはいえ、これだけのものを披露いただき、大変感謝しております。我が軍からもそれ相応の返礼をさせていただくよう、本国に帰って報告と働きかけを行うことをお約束いたします」

「ご丁寧に恐縮です」

山本を前にホフマンは続けた。

「これだけのものを目の当たりにした以上、我々も『よかった』『凄かった』ですませるわけにはまいりません。

艦載航空戦力の保有は、我が軍のみならず、我が国そのものの戦略眼を劇的に変える可能性があると、自分は確信を得ました。

ご存知のように我が軍はこの数十年、英仏に発展を封じられてまいりました。それを力強く打破し、戦術的にも戦略的にも視野を広げるきっかけになりえます。ただ」

そこで、ホフマンの表情が変わった。意欲と希望に輝いていた双眸が、苦々しい思いに濁る。

「我々は、それ以前に解決しなければならない根本的な課題を抱えております」

「軍の組織体系、ということですね」

「ええ」

ホフマンは目を伏せた。表情はさらに暗い影を帯び、唇はかすかに震えていた。

駄目だとわかっているのにどうにもならない。なんとかしなければいけないとわかっているのに、自分の力がおよばない。そんな焦《あせ》りと苛立ちが表れたものだった。

陸軍と海軍の二軍制を敷いている日本軍と違って、ドイツ軍は陸軍、海軍、空軍の三軍制を敷いていた。

陸上を飛ぶものであろうと、海上を飛ぶものであろうと、空を行くものは基本的に空軍の所属であって、空軍の戦力となるのである。

仮に空母があって、そこに航空隊を載せる場合も、それは空軍戦力の派遣という扱いであり、空母の艦長はおろか海軍そのものに、指示したり、命令を下したりする権限がない。

日本軍では考えられないことだが、それがドイツ軍の実態だった。

これでは洋上遠くでの航空作戦など、うまくいくはずがない。

「お恥ずかしい限りですが、自分は本日確信を得ました。艦載航空戦力の有用性とともに、やはり洋上の航空戦力は海軍にあるべきだと。

総統を説得するのは容易ではありませんが、自分も信念を持って取り組んでまいりたい。これは自分の生涯を懸けてもやるべき仕事なのだと、強く気づかされた次第です。

今回の協力には最大限の感謝を申しあげます。ヘァツリッヒエン・ダンク（心から感謝します）」

ホフマンは締めくくった。

（総統、か）

軍政系統の職を歴任し、海外駐在経験から外交情報にも明るい山本は、ドイツの持つ特殊事情を理解していた。

第一次大戦後の低迷と停滞のなかで鬱積した国民の不満を、対外強硬姿勢として吐きだす手法で支持を急拡大した国家社会主義ドイツ労働者党――略称ナチス党は、ドイツの一党支配を確立した。

その党首であるアドルフ・ヒトラーは、全権限を自分に集中させて総統を名乗り、独裁者として君臨している。

ヒトラーの言うことは絶対であり、なんびとたりとも口を挟むことが許されない。

それが、ドイツの実態だと聞く。

当然、ヒトラーは陸海空三軍の総指揮官として絶大な力を持っているが、空軍の最高指揮官であるヘルマン・ゲーリング元帥は個人的にヒトラーと親しく、あからさまに優遇されているという。

ゲーリングはヒトラーを刺激しないように注意を払いつつも、権力欲や自己顕示欲は旺盛な人物で、自軍の勢力拡大には熱心らしい。

それに、ドイツがもともと大陸国であるという事情から、三軍は陸空海の順で序列化され、海軍はもっとも冷遇されているというのが、現在のドイツの実状であると、山本は理解していた。

こうした状況下で、海軍が一部とはいえ、空軍戦力の割譲を受けることは容易ではないはずだった。

同盟相手の海軍が力をつけることは、プラス要素はあれどマイナス要素はないはずで、ドイツ海軍には頑張ってもらいたいところだが、山本の懸念はもっと別のところにあった。

ヒトラー、そして現在のドイツが持つ覇権主義的な側面である。

ヒトラーは、ドイツを構成するゲルマン民族は文明の創始者たるアーリア人の血を引く、もっとも純粋で卓越した優性人種であると規定し、そのアーリア人のレーベンスラウム（生存圏）拡大を叫んで、ザール地方の復帰、ベルサイユ条約で非武装地帯とされていたラインラント進駐を実現した。

その手法は、ここまでは恫喝と巧みな交渉術だったが、それがいつ軍事力に訴えられてもおかしくないと、山本は考えていた。

ドイツとの同盟は米英との対立を招く。

米英、特にアメリカと日本との国力差は歴然としており、戦争となれば勝てる見込みなどない。

よって、ドイツとの同盟は避けるべきである。

一貫してそのように主張してきた山本だったが、激動の国際情勢の前にその声はかき消され、日本はドイツとそれに近いイタリアと三国同盟を結んでしまった。

感銘を受けて帰国の途についたドイツ視察団だったが、山本が恐れる米英との対立は日増しに、そして急激に先鋭化しつつあった。

一九三九年八月二日　横須賀

工廠《こうしょう》内にはリベットを叩く音が絶え間なく響き、溶接の火花が明滅していた。

海軍技術研究所に所属する蜂矢凛中尉は、建造中の第三号艦を見あげていた。

事実上の開戦準備と言っていい③計画の第三号艦として建造が進められている艦は、日本海軍の次期主力空母として期待されている艦だった。

まだ進水にも至らない艤装途上のため、艦体上部に載る広い飛行甲板や島型艦橋などもなく、空母の特徴的な姿にはほど遠いが、艦体はさすがに大きい。

数年前に相次いで竣工した『蒼龍』『飛龍』の完成で、日本海軍の空母は確立された感があったものの、航続力や搭載機数の拡大といった用兵側からの要求を満たすため、さらに大型の空母が計画された。

それが第三号艦と姉妹艦第四号艦だった。

よって、この二隻は『蒼龍』『飛龍』と比較して、ふたまわりほど大きい全長二五七・五メートル、全幅二六・〇メートル、基準排水量二万五六七五トンの堂々たる大型空母として完成する予定である。

また、単なる拡大発展型としてではなく、ここ最近進めているドイツの先端技術の導入も、二隻の重要課題のひとつだった。

ゆえに蜂矢は、ここにいる。

一般大学出ながらも機械工学を専攻していて、いわゆる「手に職」のついた蜂矢は、海軍内でもはっきりとした居場所を確保している。

エリートとされる海兵出の士官よりも専門性が高いぶん、むしろ貴重な人材として重宝されているくらいだ。

その蜂矢にとって、ドイツ技術の導入と有効性の判断という仕事は、うってつけと言える。

もちろん、一介の中尉ごとき下級士官には権限などほとんどない。上が決めたこと、決まったことに粛々と従い、是非を報告するのが今の蜂矢の実態だった。

（目玉はすでになくなったからな）

蜂矢は艦の中央から艦尾に向けて視線を流した。そこには、ドイツMAN社製のディーゼル機関が収まっているはずだった。

日本海軍の大型艦艇にディーゼル機関を搭載した例はなく、意欲的な試みとして、これはおおいに期待されていた。


ディーゼル機関の利点はなんといっても優れた燃費である。燃費がよければ、同じ燃料搭載量でも航続力が延伸される。

見方を変えれば、同等の航続力を得ながら搭載燃料を減らすことができ、そのぶんほかの区画を拡大することができる。

しかし、このディーゼル機関搭載案は計画段階で泡と消えた。試験的に搭載した潜水母艦『大鯨』の成績が散々なものだったからである。

ディーゼル機関はたしかに燃料の消費効率には優れているものの扱いづらく、保守点検が不十分な場合は所定の性能が発揮できないばかりか、運転そのものに支障をきたす場合もあった。

実はディーゼル機関を搭載したドイツ艦艇にも、洋上でオーバーホールを余儀なくされるなど、致命的な問題を起こした事例があったという。

せめて、それが計画段階で発覚してよかったと、蜂矢は安堵の息を吐いた。

いったん搭載した後で機関換装だなんだといったら大変な騒ぎになる。建造が年単位で遅れても不思議ではない。

最悪、根本的な設計変更で、建造そのものが中止にさえなりかねない。そうした悪夢が現実とならなかったのは幸いだった。

「さてと」

蜂矢は艦の中央から艦首に向かって歩きだした。

空母という艦種で見れば、世界的にも先進国である日本のほうが、ドイツよりも進んでいるのが当然であって、基本設計に学ぶべきところはない。必然的にドイツの技術導入は、個々の構成機器や補助兵装ということになる。

ドイツは伝統的に潜水艦大国であって、ソナーとその関連技術は優れている。

艤装員たちの刺すような視線を感じた。蜂矢の経歴と職務を知る者たちだ。

「海兵を出てもいない何もわからん者が、得体の知れないものをつけやがって」と、敵意にも似たまなざしだった。

しかし、蜂矢にはそうした反発や反対意見を、冷静に受けとめて判断する賢さがあった。多様な意見があり、それがぶつかるのは、むしろ健全な組織である証拠なのだ。

上が決めたことや長年の慣習に唯々諾々と従ってものごとが進むだけでは、機能不全で自浄作用もない組織ということになる。

「問題は……あれだ」

蜂矢の視線が一点で止まった。

艦首喫水線下の控えめなバルバス・バウ――球状艦首の後ろに見慣れない異形のものが組み込まれている。

巨大な扇風機にも似たフォイト・シュナイダー

式操舵装置である。

スクリュー・プロペラを横向きに取りつけるという考え方は、原理的には非常に理解しやすく、正しいものと言える。

通常なら推進力として前後に伝える力を左右に伝えれば、より積極的な操舵が可能となる。

舵による転舵をポジティブなものとすれば、これはアクティブなものと捉えられる。

では、なぜこれまで実用化されてこなかったのか？

理由はいくつかある。

やはり、新しいものに対する漠然とした不信感と不安感や、強度面の問題視などである。特に喫水線下の問題は、水上艦にとって命取りにもなりかねない重大なものだった。

喫水線下の亀裂や破孔は海水の流入を招き、艦の浮力を奪う。限界を超えれば沈没である。

だが今回、上はこの新装備フォイト・シュナイダー式操舵装置の導入を断行した。

建造中であるドイツ初の空母に採用されていること、模型を使った水槽試験で明確かつ大きな効果が確認されたことからである。

強度の点は最後まで問題視されたらしいが、予測される効果がその短所を上まわった。

正しい判断だと蜂矢も思う。実績がないとか、かもしれないと不安を口にしていては、革新的なものは生まれない。

それに、もし強度不足や短所のほうが多いとなれば、すぐ撤去して外鈑を貼りかえることは可能だ。

魚雷が当たって修理した程度に思えば、さほど痛手にもなるまい。これが有効に機能すれば、第三号艦は大艦に似つかわしくない機敏な動きができるようになる。

魚雷艇の襲撃や空襲を受けた際に、急速回頭して被雷や被弾を避けることができるようになるだろうし、狭い港湾に入るときも、タグボートの助けなしに自力で行動できるかもしれない。

進水後の実装評価が楽しみだった。

蜂矢の胸中では、第三号艦――後に『翔鶴』と命名されることになる大型空母が、すでに洋上を自在に動きはじめていた。

一九三九年九月四日　四国沖

ここ数日で、日本海軍を取りまく空気は一変した。もともと緊張感は高まってきていたものの、それがいっきに限界を超えて弾けたのである。

九月一日未明、ドイツ軍は隣国ポーランドへ軍を進めた。

自身の唱えるレーベンスラウム（生存圏）の拡大をはかるべく、総統アドルフ・ヒトラーはついに軍事手段に訴えたのである。

ドイツ軍の進撃は速く、ポーランド軍の防衛線は随所で寸断され、雪崩を打って敗走しているらしい。

このドイツの動きに、欧州の大国であるイギリスとフランスはただちに反応し、激しく非難するとともにドイツに対して宣戦を布告した。

ここが問題だった。

ポーランドは直接日本と関わる場面はほとんどないが、イギリスとフランスは東南アジアに植民地を持っており、太平洋方面で日本と接している。

日独伊三国同盟は、当該国一国が第三国と戦争状態に入った場合でも、ほかの同盟国が参戦する義務はない。

よって、日本がただちにイギリス、フランスと交戦することにはならないものの、影響がないと考えるほうが安易すぎる。

ドイツが今後、参戦を求めてくる可能性は高いし、仮に日本がイギリスに宣戦布告した場合、アメリカがただちに動きだすことは、火を見るより明らかだからだ。

近年、アメリカが日本に突きつけてくる要求や圧力は常軌を逸しており、異常としか思えない。

貿易上の制限は、すでに経済制裁とも言える水準と化し、発展と繁栄を放棄して三流国に逆戻りしろというようなものになっている。

今のところ政府も隠忍自重しているが、軍の下士官や一般兵から見ても、挑発されているとしか思えないくらいだった。

イギリスとアメリカは同盟こそ結んでいないものの、きわめて近い関係にあり、ドイツとイギリスの戦争が今後、日本とアメリカを巻き込んで、世界中に戦火を広げることになっていくかもしれない。

「ごちゃごちゃ考えるのはよそう」

海軍飛行兵曹長藤見蓮司は頭を左右に振った。

「どのみち、自分がどうこう考えたところで、国や世界の情勢が変わるわけではない。敵が攻めてきたら追いかえすことができるようにしておくのが自分の仕事だ。自分がしっかり働くことが、国防につながる」

藤見は、そう自分に再確認した。

「祖国が苦しんでいる。若人よ、今こそ立ちあがれ。若き力、求む」という軍の勧誘に共感を覚えて、藤見は海軍に志願した。

漠然とした空への憧れもあったので、予科飛行練習生となって下士官パイロットの道を歩んできたのである。

その藤見は今、航空本部付の試験パイロットとして働いていた。

任務はその名のとおり、新型機の試験飛行である。新型機と言えば聞こえはいいが、開発されたばかりの機体には初期不良がつきもので、危険を伴う。

過去には飛行中に空中分解したり、エンジンが停止して墜落したりして、命を失ったパイロットが何人もいると聞いた。

だが、どこにも行きわたっていない新型機に誰よりも先に乗れるということと、自分の報告が今後の海軍機の方向性を左右するということに、藤見はこの仕事への魅力とやりがいを感じていた。

今回、藤見は九六式艦上戦闘機の後継機として内定している一二試艦上戦闘機とともに空母『赤城』艦上にあった。

『赤城』はワシントン海軍軍縮条約の締結により、巡洋戦艦から空母に改設計されて誕生した艦で、どうしても後付けの印象が拭えない。

通常の上甲板の上に格納甲板と飛行甲板を載せた姿は乾舷が高く、それだけ飛行甲板上は動揺の影響が大きい。乗艦すると、たしかにそのとおりだと感じる。

熟成された『飛龍』『蒼龍』に比べれば明らかに揺れている。

「ただ、この程度でどうこう言うなら、俺はここにいる資格がないってな」

藤見は一二試艦戦のコクピットから前方を見据えた。発艦準備を整えて時を待つ。

艦首から流れる蒸気が、まっすぐこちらを向いた。風向きよし。艦が増速して合成風が増す。

「発艦よし」を示す白旗があがる。

藤見は輪止めを取りはらった整備員に目配せして、機体を前に出した。

全長九・一メートル、全幅一二メートルの機体が、するすると動きだす。

機首に埋め込まれた空冷エンジンが回転をあげて加速する。高まる風圧が風防を締めつける。

「よし」

飛行甲板の先端が迫ったと思ったときには、尾部を絞り込んだスマートな機体は、ふわりと海上に浮きあがっていた。

操縦桿を引きつけて機首を上げる。上昇して高度を稼ぐ。無理をする感覚はない。機体は軽く天に昇っていく。

「こいつはいい」

涙滴型をしたコクピットからの視界は格別だった。艦上でもよかったが、空中へ飛びだすと、まるで全周視界を得られたかの感覚にもなる。

視界の良し悪しは、空戦の勝敗にも直結する。先制攻撃、先制撃破は空戦の基本だし、敵に狙われたり、追われたりした場合でも、見えているのと見えていないのとでは、生存性が格段に違う。

藤見は頃合いをみてフットバーを蹴り、操縦桿を左右に倒した。

きわめて自然な動きで、操縦安定性は高い。しかも、九六艦戦に比べて機体がひと回り大きくなっているわりには、旋回半径が目に見えて膨らんでいくこともない。

運動性能も良好だ。

「お次は」

藤見はスロットルを開いた。

速い！

九六艦戦比で時速一〇〇キロ以上優速という最高速度は頭に入っていたが、実感的にはそれ以上に思えた。

「いい機体だ。上昇性能、良。速力、良。運動性能、九六艦戦と遜色なし、良。操縦安定性、良」

藤見は一二試艦戦にお墨付きを与えた。

「敵がやってくるならば、まとめてこの機で追いかえしてやる」
暗雲迫る洋上だったが、藤見が操縦する一二試艦戦は颯爽と飛びつづけた。
来年に制式化されれば、その機は『零式艦上戦闘機』と名づけられるはずだった。

第二章
ライン演習作戦

一九四一年五月一八日　北海

前年四月にデンマーク、ノルウェーを手中にし、六月には大国フランスをも打倒したドイツにとって、顕在する敵はイギリス一国となっていた。

しかし、ドイツ自慢の装甲師団も、独力で海を渡ることはできない。

イギリス本土に上陸するためには、英仏間のドーバー海峡を渡らねばならないが、そのためには制海権の確保が欠かせなかった。

だが、ドイツとイギリスとの海軍力の差は歴然としており、いかにドイツ海軍が知力の限りを尽くして奇策、秘策を駆使しようとも、イギリス海軍を土俵外に追いやるのはとうてい不可能だった。

そこで、ドイツ海軍は大胆な戦略転換に舵を切った。イギリス海軍との正面きっての対決は可能な限り避け、通商破壊戦に徹することにしたのである。

ドイツの誇るUボートはその任務には最適であって、拡張半ばだった水上艦艇も駆逐艦から巡洋艦、そして戦艦まですべてがその任務に従事することになった。

欧州最大の戦艦として竣工した『ビスマルク』も、その例外ではなかった。

この日、『ビスマルク』は重巡『プリンツ・オイゲン』を率いて、バルト海に面するゴーテンハーフェンを出港し、初の作戦行動を開始した。

「ライン演習」と命名されたこの作戦は、『ビスマルク』という獰猛な大狼を大西洋という原野に放つものだった。

当然、イギリスがそれを看過するはずはない。

一九四一年五月二三日　ノルウェー海

戦艦『ビスマルク』艦長エルンスト・リンデマン大佐は、司令塔にしたたる水滴に早朝の冷気と水温、気温の差を感じとっていた。

一般的に春と言える時期だが、北緯六〇度を超える北洋は、まだまだ冬の装いが残っている。冷気は艦上を刺し、海上には濃淡を繰りかえしながら霧が流れていた。

「艦隊の隠蔽には好都合だな」

今回の作戦指揮を執るギュンター・リュッチェンス中将は、左右に視線を滑らせてコーヒーをすった。

「敵は来ると思うかね」

「そう考えて準備をしておくべきと存じます」

リュッチェンスの問いにリンデマンは即答した。

「理由は？」

「敵を称賛するつもりはありませんが、敵の諜報力を侮るべきではありません。バルト海から北海に出るまでに航空機の触接を受けておりますし、フィヨルドに投錨《とうびょう》している間にも、なんらかの通報を受けている可能性は捨てきれません。それに」

リンデマンは言葉を選んでつけ加えた。

「準備が遅れてやられるよりは、準備して無駄に終わったほうが、自分は得策と考えます」

総統アドルフ・ヒトラー個人を崇拝したり、ナチスの選民思想に傾倒したりする者が少なくない陸軍や空軍と違って、共和国海軍の流れをくむ海軍にはまだ極端な思想――特に対外排斥思想の持ち主は少なく、常識と節度ある風潮が残されている。

だが、そうしたなかにも、党中央や秘密警察に通じる者がどこに潜んでいるかわからない。

リュッチェンス中将自身も総統の思想に共感し、総統の肖像画に向かって右腕を前上方に突きだすナチス式敬礼をしている姿が幾度か目撃されていることから、注意するにこしたことはない。

無用なトラブルに巻き込まれることなく、任務に集中できるようにするには、不用意な発言や行動は厳に慎むべきだった。

「そうか」

リュッチェンスは二、三度まばたきして、せせら笑った。

「なに。敵がのこのこと向かってきたら、この『ビスマルク』の巨砲でひねりつぶしてやるだけだ。我が偉大なる第三帝国がつくりあげた新造戦艦の力を、トミーどもは身をもって知るがいい」

『ビスマルク』は第一次大戦の敗北で、ゼロからの再スタートとなったドイツ海軍が計画した「Z計画」の一環で建造された大型戦艦だった。

「Z計画」とは一九四五年までに戦艦八隻、巡洋戦艦三隻などを建造する艦隊大拡張計画であり、その先駆けとなる艦が『ビスマルク』と言える。

全長二四八メートル、全幅三六メートル、基準排水量四万一七〇〇トンの体躯は堂々たるもので、世界中を見渡しても、これに匹敵する戦艦はどこにもない。

大型の探照灯一基を前面につけた多層構造の艦橋構造物を中心に、前後に背負い式に据えた連装主砲塔やその間に配された副砲、高角砲、航空兵装らで構成された艦容は均整がとれて、かつ重量感溢れるものだった。

主砲は口径こそ三八センチと控えめだが、砲身は四七口径と長砲身化されて初速が速く、威力はワンランク上のものを示す。

主砲の肥大化を抑えたぶんは装甲重量の増加に割りあてられ、防御力は強化されている。

また、最大出力一五万馬力超のブラウン・ボヴェリ製ギヤード・タービンは、この巨体を三〇ノット弱の高速で走らせる。

『ビスマルク』は弱点らしい弱点が見あたらない、完成度の高い戦艦だった。

敵対するイギリス海軍は多数の戦艦を擁しているが、単艦ならば当然、たとえ数隻まとめてかかってきても、この『ビスマルク』なら撃退できるとリュッチェンスは考えていた。

海戦の雌雄を決するのは戦艦の砲撃力である。戦艦どうしの砲戦が、海戦の勝敗を決する決定的要因となる。

こうした大艦巨砲主義の信奉者であるリュッチェンスにとって、『ビスマルク』は非常に頼りがいのある存在だった。

『ビスマルク』と『プリンツ・オイゲン』の二隻は、ノルウェー海を北上して西に針路を取った。

狭いドーバー海峡を突破しようとするのは危険が大きすぎるという判断で、イギリス本土のはるか北にあるアイスランドを反時計まわりに迂回して大西洋に出ようとする航路だった。

敵が黙って見過ごすはずがないと考えていたリュッチェンスだったが、それは早くもデンマーク海峡で現れた。

一九四一年五月二四日　デンマーク海峡

「砲撃用意！」の号令が響き、主砲塔がいっせいに旋回した。

「悪いが、このまま行かせるわけにはいかんのでな」

『ビスマルク』らの前に現れたのは、ランスロッド・ホランド中将率いる巡洋戦艦『フッド』と戦艦『プリンス・オブ・ウェールズ』だった。

Uボートによるシーレーン破壊が深刻化してきているなかで、『ビスマルク』のような巨大戦艦までを大洋に野放しにしては、イギリスが被《こうむ》る恐怖と打撃ははかりしれない。

『ビスマルク』に狙われたら、商船団などひとたまりもないし、海軍の護衛をつけるにしても、小型のスループや低速の護衛駆逐艦あたりでは、気休めにもならないだろう。

実際に遭遇したらどうするかという問題以前に、遭遇するかもしれないという可能性だけで、イギリスの海運業ははなはだしい行動制限を余儀なくされ、海軍も戦力を大きく割いての護衛活動を義務づけられることになる。

そんなことを長期間続けることは困難だし、仮にやったとしても広大な大西洋全域をカバーすることなど、とうてい不可能であるのはわかりきっていた。

さらに、『ビスマルク』が通商破壊戦に専従すると決めつけるのも危険だった。

商船のみならず、イギリス海軍の戦闘艦艇ですら、かなりのまとまった戦力でなければ対抗できない。駆逐隊や巡洋艦戦隊では会敵次第、ひとひねりされるのがおちだ。

『ビスマルク』が洋上の遊撃艦のような役割につけば、今度はイギリス海軍そのものが戦々恐々として作戦行動に著しい制限を受けかねない。

だから、イギリス海軍は『ビスマルク』の行動に神経をとがらせ、大洋進出の未然防止を至上命題としていたのである。

ゆえに、ホランドはこの場に急行してきた。

手持ちは少ないが、けっして戦力的に不足するものではないとホランドは考えていた。

旗艦『フッド』は三一ノットの高速力と、縦横比の大きい細長い艦体上に、前後に離れた一五インチ連装四基八門の主砲と二本の直立した煙突、前後で高さがあまり変わらない檣楼《しょうろう》などをゆったりと配した気品ある艦容が特徴の巡洋戦艦である。

一九二〇年に竣工して以来、世界でもっとも大きく、もっとも美しい艦として、イギリス国民に長年親しまれてきた艦だった。

一方、『プリンス・オブ・ウェールズ』は竣工まもない新型戦艦である。

ワシントン海軍軍縮条約明けに建造されたキングジョージV世級戦艦の二番艦にあたり、今後のイギリス海軍の主軸として期待される艦のひとつだ。

条約延長を見越して主砲口径は一四インチと、あえて小ぶりに設計されたが、その代わりに門数は一〇門と多く、一発あたりの破壊力に欠ける点を数で補う思想で造られている。

敵の新型戦艦が多少強力だったとしても、この二隻でかかれば沈めるのはそう難しいことではないとホランドは考えていた。

艦と艦との比較でもそうだが、乗組員の質には雲泥の差があるはずだ。栄光に満ちた歴史ある自分たちロイヤル・ネイビーと、ここ数十年、解隊状態だった敵とでは比べるまでもない。

「敵の出鼻《ふね》を挫くぞ。砲撃開始。フリッツ（ドイツ人）の艦など、さっさと沈めてしまえ」

ホランドの認識はあまりに我田引水に過ぎた。

ホランドは完全に間違っていた。

敵艦二隻の艦上に閃く発砲炎は、はっきりと認識できた。

「敵大型艦二隻、直進してくる。撃ってきました！」

「慌てることはない。こんな距離で撃っても、まず当たらん」

興奮ぎみの報告にも、ドイツ艦隊指揮官ギュンター・リュッチェンス中将はいたって冷静だった。

海上に漂っていた霧はだいぶなくなっていたが、彼我の距離はまだ二万五〇〇〇メートルといったところだ。

現状の測距精度からすれば、まだまだ誤差は大きく、正確な射撃は望めない。

低い弾道で命中率の高い射撃を好むドイツ海軍からすれば、実質的に射程外と言っていい遠距離だった。

「敵一番艦、発砲。続いて二番艦、発砲」

「気にするな。敵は焦《あせ》っているだけだ」

リュッチェンスの言うとおり、敵弾はかすりもしなかった。

大気を引き裂く独特の飛翔音が頭上を圧してくることもなければ、足下から突きあげるような強烈な衝撃もない。

敵弾は脅威にも感じないくらい、はるか離れた前方で虚海を抉《えぐ》っている。敵一番艦の弾着だけでなく、二番艦も同じだ。

さらに敵一番艦の二射めが続いた。

「提督」

「奴ら、かかったな」

一瞥《いちべつ》するリンデマンにリュッチェンスは嘲笑《ちょうしょう》してみせた。

「『オイゲン』に打電。『無理に撃ちあう必要はない。回避行動をまじえて対処せよ』、適当にあしらってやれ」

（しかし、こうも簡単に敵がはまるとは）

リンデマンは発砲を続ける敵艦二隻を見つめた。

敵は『ビスマルク』ではなく、『プリンツ・オイゲン』に砲撃を集中してきた。

集団戦のセオリーは「最強の敵を全力で最優先に叩く」である。

敵が意図的に『プリンツ・オイゲン』を攻撃する理由もない以上、敵は『ビスマルク』と『プリンツ・オイゲン』とを見誤って砲撃していることになる。

もちろん、いくつかの要因はある。

まず、リュッチェンスが『ビスマルク』の前に『プリンツ・オイゲン』を置いていたこと。旗艦が先導するのが普通である。

次に、ドイツ海軍の艦艇は戦艦から巡洋戦艦、重巡洋艦に至るまで、非常に似た艦容で造られていること。クリッパー形の艦首、前面に大型探照灯一基をつけた層状の艦橋構造物、前後に配置した主砲塔と細く高い二本のマストなどだ。

そして、艦首には艦体を短く見せるための迷彩塗装まで施している。

こうしたことが複合要因となって敵の誤認を誘ったのだろうが、それにしてもお粗末ではないか。

『ビスマルク』と『プリンツ・オイゲン』では、全長で四〇メートル以上、二割ほどの違いもあるため、測的の過程でわかりそうなものだが。

「せいぜい好きに撃たせておけ。焦って撃つことはない。こちらは一撃必中でいく。測的は正確に。敵艦型、わかるか？」

「弾着から二隻とも戦艦クラスに間違いありません。遠いので確信は持てませんが、一番艦は『フッド』あるいは『レパルス』、二番艦は不明です。新型かもしれません」

「『フッド』か」

見張員の報告に、リュッチェンスは口端を吊りあげた。

『フッド』がイギリス海軍の象徴と謳《うた》われて、イギリス国民に広く愛されていることは、リュッチェンスも知っている。

その『フッド』が傷つき、まかりまちがって沈んだとでもなれば、イギリス海軍のみならず、イギリス国民全体に大きな動揺をもたらすことは間違いない。

自分たちが並々ならぬ力を持っていることを見せつける格好のチャンスだと、リュッチェンスは心を躍らせた。

「本艦および『オイゲン』砲撃目標、敵一番艦。ただし、まだ撃つな」

砲撃することで、あえて自分たちの詳細を露呈することはないと、リュッチェンスは自重させた。

発砲炎の大小はともかく、弾着の水柱を見れば戦艦と重巡との差は一目瞭然となる。敵を利する愚行を犯すことはない。

敵は繰りかえし『プリンツ・オイゲン』に向けて砲撃していた。ただ、それが『プリンツ・オイゲン』を捉えることはない。

『プリンツ・オイゲン』は数射に一度は舵を切って、敵弾に空を切らせつづけている。

その間に『ビスマルク』は敵一番艦を目標に測的を進め、じっくりと照準を定めていた。

装甲に覆われた艦橋最上部のDCT（Director Control Tower）のなかで、砲術長アダルベルト・シュナイダー中佐以下の砲員が緊張の表情で目標を追尾し、伝統と信頼のクルップ鋼で造られた主砲身が、ぎらりと目標を睨《にら》む。

「やはり敵一番艦は『フッド』のようです」

リンデマンが自ら望遠レンズごしに敵艦型を判別した。

三脚檣の上に射撃指揮所を載せているのは『フッド』あるいは『レパルス』だが、その司令塔は高さがなく横長に見える。それは『フッド』の特徴だった。

「敵は『フッド』、よろしい！」

リュッチェンスは鼻を鳴らした。

「我が新鋭戦艦の門出にふさわしい生贄《いけにえ》ではないか。そうした対象が自分から現れるとはな。飛んだ火にいるなんとかとは、このことだろう。

イギリス人どもの恐怖と失望の表情とやらを拝むとしようか」

現在、彼我の相対位置は、南西に向かって『プリンツ・オイゲン』『ビスマルク』の順で航行する自分たちに対して、敵艦二隻は艦首を向けてまっすぐ向かってくるという構図となっている。

早く距離を詰めて有効弾を得たいというのが敵の狙いだろうが、それがかえって後部主砲塔を死角に入れて、有効門数を減少させるという不都合を招いている。そのために試射の弾数が減り、照準がなかなか定まらないのである。

そんなところにも敵の焦りが見てとれた。

反面、自分たちは特に無理な回頭をせずとも、全砲塔が使用可能な状態にある。

「距離、二〇〇」

「砲撃始め」

リュッチェンスはついに命じた。それを受けて、リンデマンが艦内電話をとって告げる。

「フォイア」

『ビスマルク』は前後部にまばゆい発砲炎を閃かせた。衝撃が艦内を突きぬけ、爆風が海面を叩く。

重量八〇〇キログラムの徹甲弾は、低い放物線を描いて『フッド』に向かう。

「次発装填！」

シュナイダーの指示のもと、各砲員が迅速に動く。

　薬嚢式を採用している日本海軍と違い、ドイツ海軍は薬莢式の装薬を採用している。薬量の調整と薬莢の後始末が面倒だが、取り扱いは容易で早い。

　四七口径の長い主砲身に、再び砲弾と装薬がこめられ、尾栓が閉鎖される。

　シュナイダーは目標の『フッド』を凝視した。

　弾着のときがやってくる。

「初段弾着……夾叉《きょうさ》しました！」

　歓喜の報告に、司令塔がどよめいた。

　最大射程三万八〇〇〇メートルを超える『ビスマルク』の主砲からすれば、二万メートルという射距離は「撃ちごろ」と言えたかもしれないが、さすがに初弾から夾叉、すなわち正しい照準値を得たのは上出来だった。

　弾着の網のなかに目標を捉えた以上、あとは命中弾を得るのは確率の問題でしかない。

「さすがだな、艦長。腕利きが揃っているとは聞いていたが。見事だ」

「はっ、恐れ入ります」

　満足そうなリュッチェンスに、リンデマンは小さく頭を下げた。部下の技量を信頼してはいたものの、「当然です」と胸を張るほどリンデマンという男は自尊心の塊ではなかった。

　たしかに、自分や砲術長が鍛えてきた成果もあるが、この結果はツァイス製の優秀な光学機器やＤＣＴの安定装置等々、ドイツの進歩的な科学技術が結集されて生みだしたものでもある。

　それに、敵はまだ沈んだわけではない。本当に喜ぶのは敵の姿が海上から消えた後だ。

　意気あがる『ビスマルク』の司令塔とは対照的に、『フッド』の司令塔は驚きと焦燥感に包まれていた。

「初弾から夾叉されるとは」

「まぐれだ。まぐれに決まっている」

「まぐれで、こんな正確に来るというのか」

狼狽《ろうばい》する幕僚たちを前に、指揮官ランスロッド・ホランド中将はうわずった口調で命じた。

「か、回頭だ。こちらも全砲門を向けるんだ。艦隊針路二二〇度。急げ！」

「針路二二〇度。取舵一杯！」

「取舵一杯。針路二二〇」

艦長カー大佐から航海長、操舵室へと順次命令が伝達され、操舵手が舵輪を回す。からからと乾いた音が伝わり、やや時間を置いて全長二六二・五メートルの巨体が横腹を向ける。

しかし、これはかえって的を広げて敵弾を呼び込む格好となっていた。

『フッド』の運命は、ここで決した。ホランドの指示は完全に裏目に出たのだった。

轟音が耳を聾《ろう》した。

甲高い敵弾の風切り音は極大に達して消えた。被弾の感覚はあったが、不思議と艦の揺れや衝撃は小さかった。

しかしそれは、逆に敵弾が容易に艦の深部に食い入ったことを意味していた。

事実、『ビスマルク』の放った徹甲弾一発は後部煙突とマストの間に命中し、薄弱な水平装甲をやすやすと突破して艦の最奥部まで到達した。

最奥部たる後部主砲弾火薬庫へと突入した直径三八センチ、重量八〇〇キログラムの徹甲弾は、そこで信管を作動させた。

化学反応が熱と力に変換され、それが無限の連鎖を繰りかえす。膨大な力と化したそれは『フッド』の艦体に容赦なく叩きつけられ、膨張しながら外に向かう。

それは『フッド』に破滅的な結果をもたらした。ホランドやカー、そして大多数の乗組員も、恐怖や痛みを感じる暇すらなかった。

『フッド』は命中箇所を起点に爆裂しながら砕けちった。基準排水量四万二一〇〇トンの巨体は、数秒としないうちに無数の残骸に変わりはてた。

もっとも大きく、もっとも美しい艦として、イギリス国民に親しまれた『フッド』はこの瞬間、デンマーク海峡の冷たい海に消えうせたのである。

拡散する炎と猛煙は、『ビスマルク』からもはっきりと視認できた。

しばらくして、雷鳴のごとき爆発音が殷々《いんいん》と海上を渡ってくる。

「『フッド』轟沈！」

『ビスマルク』の艦内は拍手喝采に沸いた。

ベルサイユ条約の名の下に、ここ数十年英仏によって抑圧されてきたドイツ海軍の鬱憤を、いっきょに吐きだしたかの『ビスマルク』の砲撃だった。

「目標を敵二番艦に変更します」

「よかろう」

リュッチェンスの了承を確認して、リンデマンは主砲を敵二番艦『プリンス・オブ・ウェールズ』に向けさせた。

測的をやり直している間に敵弾が飛来する。敵もさすがに主敵はこちらだと気づいたらしい。

また、一隻になっても逃げるつもりはないようだ。僚艦轟沈に怒りくるって、仇討ちを果たそうというつもりなのかもしれない。

「返り討ちにしてくれるわ」

リュッチェンスは不敵につぶやいた。

前を行く『プリンツ・オイゲン』は、いち早く砲撃を再開している。敵艦上に命中らしき閃光もほとばしっている。

『ビスマルク』も砲撃を再開する。砲声が北洋の涼風を吹きとばし、爆風が冷水面を叩く。

今度は初弾から夾叉弾を得ることはできなかったが、それほど見当違いのところにいっているわけでもない。

方位、距離を微修正して第二射、第三射を送り込む。

そこで、被弾のものらしき異音が響いた。

(食らった?)

だが、艦はなにごともなかったかのように航行している。火災や浸水の報告もない。主砲口径を抑えてまで防御力を優先させた分厚い装甲が、敵弾を弾きかえしたのかもしれない。

代わって『ビスマルク』の命中弾が敵二番艦を襲う。これは少なからず、敵二番艦を傷めつけたようだ。

黒色の破片が飛びちったかと思うと、火災の炎が敵艦上に咲く。

さらに数射交換したところで、敵二番艦が音をあげた。駆逐艦に煙幕を展張させながら、反転して逃走をはかる。

互いに四、五発の命中弾を与えたはずだ。敵二番艦もワシントン海軍軍縮条約明けに建造された新型戦艦と思われるが、攻防性能は『ビスマルク』のほうが上だったようだ。

「追撃しましょう」

リンデマンは迷わず進言した。

「砲戦は明らかに我が方が優勢です。あえて取り逃がすことはないと考えます」

そこで異を唱えたのは、艦隊幕僚長ハラルト・ネッツバント大佐だった。

「我々の目的は、大西洋へ進出しての通商破壊戦の実行です。敵艦隊との艦隊決戦が目的ではありません」

ネッツバントはあくまで正論を述べた。

「視界の利かないなかを無理に進めば、敵駆逐艦の雷撃などの奇襲を受ける危険性も出てまいります。目的を逸脱して万が一、本艦を失うことにでもなれば、総統になんと申しあげればよいか」

リンデマンはなおも粘った。

「リスクのない戦いなどありません。多少のリスクを覚悟せねば、勝利など得られないでしょう。敵海軍に比べて我が方は絶対的に劣勢です。沈められるときに一隻でも二隻でも沈めておくことが、後々の戦いを有利にするはずです。ただちに追撃すべきです」

「総統に、総統に、か」

リュッチェンスには「万が一、失ったら」というひと言がひっかかっていた。

砲戦中に見せていた積極性に溢れた表情はすっかり影をひそめ、守勢にまわった消極的な青白い表情が代わって顔を見せていた。

「本来の、本来の任務に戻ろう」

「提督！」

「本艦を失うわけにはいかん。本艦を失うわけには。なにがあってもだ」

自分自身に言い聞かせるようなリュッチェンスの様子に、リンデマンは引きさがった。追撃すべきという主張を撤回するつもりはなかったが、もはやリュッチェンスに聞く耳がないことは明らかだった。

ここは不本意だが、従うしかない。

それがリンデマンの置かれた地位と権限の限界だった。

艦隊は、グリーンランドとアイスランドの間にあるデンマーク海峡を抜けて南下した。

もちろん、イギリス海軍がそれを指をくわえて見ているだけのはずがない。

イギリス海軍の総力をあげた『ビスマルク』追撃戦が始まろうとしていた。

五月二六日　北東大西洋

イギリス本国艦隊司令官ジョン・トーヴィー大将は、将旗を掲げた戦艦『キングジョージV世』の艦上から険しい表情で海面を見おろしていた。由々しき状況を反映するかのように、洋上は荒れていた。

艦首で砕けた白波は多量の泡とともに主錨や錨甲板にまとわりつき、ときおり舷側を超えた高波が上甲板に押しよせ、砲塔や砲身にぶちあたっていた。

一昨日、イギリス海軍は長年国民に親しまれてきた巡洋戦艦『フッド』を沈められるとともに、竣工まもない新鋭戦艦『プリンス・オブ・ウェールズ』も撃破されるという屈辱を味わった。

敵の大型戦艦『ビスマルク』の大洋進出を阻むため、トーヴィーは二隻を先行させてデンマーク海峡に急派したのだが、結果は見事に裏目に出たと言える。

特に『フッド』沈没の衝撃は大きく、イギリス海軍は激しく動揺した。

その動揺を鎮めるため、また同じ悲劇を繰りかえさないため、『ビスマルク』をそのまま野放しにはできない。

トーヴィー率いる本国艦隊は当然として、ロンドンの海軍本部は、ジブラルタルを本拠地としているH部隊も動員して、『ビスマルク』の捕捉撃滅を命じた。

昨日、そのH部隊に所属する空母『ビクトリアス』が艦載機をさしむけたが、『ビスマルク』に手傷を負わせるどころか、足止めすらできずに空襲は失敗に終わった。

幸い、洋上哨戒中だった重巡『サフォーク』が触接を保っているものの、トーヴィーが直率する艦隊からはまだ遠く、捕捉は容易ではない。

水平線の向こうから突如として現れる巨大戦艦、巨弾の前になすすべもなく一掃される護衛艦艇、一隻残らず拿捕《だほ》され、積荷も船も根こそぎ奪われる輸送船団……次第にトーヴィーの瞼《まぶた》の裏には、最悪の光景ばかりが映りはじめていた。


悲観的に考えるイギリス側に対して、ドイツ側もけっして状況を楽観視してはいなかった。

「敵巡洋艦の艦影、消えました」

「ようやくか」

ドイツ艦隊指揮官ギュンター・リュッチェンス中将は、深い息を吐いた。

燃料に心配が出てきた重巡『プリンツ・オイゲン』を無事分離して、フランスのブレストへ行かせることには成功したものの、旗艦『ビスマルク』は執拗《しつよう》に敵の追跡を受けつづけていた。

霧に紛れながら、ひたひたとついてくる巡洋艦に加え、昨晩には空母艦載機らしき小型機の空襲も受けた。

空襲の被害はさほどでもなかったが、そのつどこちらの位置が敵主力艦隊に通報されたであろうことは疑いようもない。

今こうしている間にも、敵艦多数が自分たちを包囲すべく向かっているかもしれないと、幕僚たちは次第に作戦の一時中止もやむなしという考えに傾きはじめていた。

デンマーク海峡で『フッド』を撃沈し、『プリンス・オブ・ウェールズ』を撃破した興奮は急速に冷め、イギリス海軍という巨大な敵の影が重くのしかかってきていたのである。

「本艦もいったん南下して、ブレストに入りましょう。このまま洋上にいれば危険が増すばかりです」

「任務を放棄しろと言うのか」

艦隊幕僚長ハラルト・ネツバント大佐の進言に、リュッチェンスは難色を示した。

リュッチェンスも危険は承知していたが、総統から期待された任務を放りだすことには、それ以上の抵抗を感じていた。

ただそれは、ネツバントの想定内の反応だった。ネツバントは用意していた答えを口にした。

「放棄するわけではありません。一度中断するだけです。ブレストに入港して補給のうえ、味方の援護も受けながら、敵の状況を見極めて再出撃すればいいだけです。ご懸念にはおよびません」

『ビスマルク』は敵性海域で孤立していた。もし、このとき空軍機やUボートなどからの敵情報告が入っていれば、また違った判断ができたかもしれないが、リュッチェンスの判断材料となる情報はなさすぎた。

敵がどこでどう動いているのか、情報は皆無だった。搭載した水上機アラドAr196を発艦させるにも天候が悪すぎ、リュッチェンスには悲観的な材料ばかりが目についていた。

「よし。ブレストに寄港しよう」

リュッチェンスは決断した。

この瞬間、『ビスマルク』の運命は大きく変わった。ブレストへの南下――それは逆に敵に近づく針路にあたっていたのである。

大西洋上で先まわりするほどの余裕はなく、敵はまだ本土近海から『ビスマルク』を追っていた。

リュッチェンスらは警戒すべきは夜襲と考えていたが、転機は日中に訪れた。

上空から響く爆音に艦内がざわめく。

「敵の大型機です。飛行艇らしい」

見張員の報告に、リュッチェンスらも上空を仰ぎみた。灰色の雲の切れ間に、白い機体が垣間見える。

「単機ですね。敵本土から飛来した長距離索敵機でしょう」

「またか」

リンデマンの言葉に、リュッチェンスは露骨に顔をしかめた。高翼式の主翼の下に大型のキャビンをぶらさげた敵飛行艇が、ゆっくりと頭上を旋回する。

「艦長、砲撃だ。威嚇でいい。さっさと追いはらえ」

「はっ」

リュッチェンスの指示で、一〇五ミリ高角砲が砲身を振りあげて煙塊を吐きだす。

主砲の砲声と違って荘厳な響きはないが、代わりに手数は格段に多い。立てつづけに咲く炸裂煙に、敵飛行艇は慌てて遁走していく。

「とっとと失せろ。うるさい蝿め」

敵飛行艇の背中にリュッチェンスは吐きすてた。

「通報するならすればいい。貴様たちの艦隊が来るころには、我々はもう手出しできないところまで達しているだろうよ」

リュッチェンスは強がった。事実、この段階ではそのとおりだったが、敵は艦載機の空襲という手段で切りかえしてきた。

これで、『ビスマルク』とドイツ海軍の運命は劇的に変化した。

「敵機来襲！　低空からやってくる」

「機数は？」

「十数機。すべて小型の単発機です」

来襲したのは、空母『アークロイヤル』を発艦したフェアリー・ソードフィッシュ艦上攻撃機だった。

一九三三年に初飛行した複葉機であり、日本海軍の九七式艦上攻撃機と比べれば、速度、航続力など、いずれをとっても足下にもおよばない旧式機だった。

「撃て。撃ちおとせ！」

「あんな前大戦の遺物のような機に向かってこられるだけで、腹だたしいわ」

『ビスマルク』はただちに応戦した。

高角砲や機銃に加え副砲も発砲して、ソードフィッシュを蹴散らす。

「敵機、魚雷投下」

「取舵一杯！」

『ビスマルク』の右舷を魚雷がすり抜ける。その先で、海面に叩きつけられたソードフィッシュが荒波に飲まれる。

「あんなに遅くては死にに来るようなものだな」

「まったくです」

リュッチェンスとネツバントは嘲笑した。

果敢に向かってきたソードフィッシュは全機撃墜した。たしかに、それは間違いではなかったのだが……。

「ん？」

軽い衝撃と異音に、リュッチェンスは振りかえった。

リンデマンが艦内電話をとって報告を促す。

「まさか、被雷ですか？」

目をしばたたかせるネツバントに、リュッチェンスは落ちつきはらった声で答えた。リュッチェンスの表情には笑みすらこぼれていた。

「なに、心配にはおよばんよ。仮にそうだとしても、魚雷の一本や二本食らったとて、この『ビスマルク』はびくともせん」

リュッチェンスの言うことも、間違いではなかった。

実は昨晩の空襲でも、『ビスマルク』は被雷一の損害を被っていた。それは燃料の漏洩を招き、ブレストへの寄港という判断に傾くきっかけのひとつにはなっていたが、基本的な戦闘、航行能力を損なうものではなかった。

たしかに、『ビスマルク』は堅牢な艦として造られていた。

主砲の口径や艦の大きさ以上に防御力は強化されており、砲戦であれば格上の一六インチ砲搭載戦艦が相手でも、互角に渡りあえると考えられていた。

だが、このとき『ビスマルク』はこれ以上ない凶運に見舞われていた。

『ビスマルク』やリンデマンにとっては、海面が荒れていたために雷跡の見極めが困難だったことも不運を助長していた。

「……そうか。わかった」

「どうやら、良い報告ではなさそうだな」

努めて冷静を装いつつも、沈みがちなリンデマンの声に、リュッチェンスは状況の悪化を敏感に感じとった。

リンデマンは感情をあらわにする男ではない。そのリンデマンにして隠せない動揺は、事態の深刻さを物語っていた。

「舵をやられました」

「なんですって!」

ネッツバントが両目を跳ねあげて叫んだ。

水上艦にとって舵は最重要部位のひとつである。たとえ艦体や機関になにひとつ問題がなくても、舵が利かなければ、艦は行動の自由を失う。

特に戦場であれば致命傷となり、しかもここは敵性海域なのである。

　艦はゆっくりとだが、左に左にと回っているようだ。

「人力操舵に切り替えても、うまくいきません。本艦は今、統制を失った状態にあります」

「ということは、舵はなくなったわけではないということか。曲がったまま動かなくなったか、下手をすれば、艦底部に突きさった可能性すらあるな」

「はい」

　リュッチェンスの指摘にリンデマンはうなずいた。

「まずは潜水士を潜らせて状況を確認します。そのうえで対処を」

「そうするしかあるまいな」

　だが、その作業も容易ではなかった。

　あたりには夕闇が迫っており、ただでさえ暗い艦底部での目視確認は結局、明朝を待つしかなかったのである。

　敵はそれを逃さなかった。

一九四一年五月二七日　北東大西洋

　イギリス本国艦隊の各艦は、ただちに砲撃態勢を整えた。単縦陣を形成し、主砲身を振りあげ、測的に集中する。

　夜明けからしばらくして水平線上に目標――『ビスマルク』を認めたとき、将兵は狂喜した。

『フッド』の仇《かたき》を討たんと、目を血走らせて追ってきた司令官ジョン・トーヴィー大将は、ようやくめぐってきた機会に心臓の高鳴りを抑えきれなかった。

（必ず仕留める）

　トーヴィーの双眸には並々ならぬ闘志の炎が宿

っていた。

『フッド』と『プリンス・オブ・ウェールズ』を分派して急行させたのは自分である。結果的にそれは敵戦艦の実力を侮り、軽率な判断だったとのそしりは免れない。

その命令を出さずに本国艦隊を一体化して動かしていれば、『フッド』が沈められることはなかったかもしれない。

トーヴィーは『フッド』沈没の責任を感じていた。時間を元に戻すことができない以上、『フッド』とその乗組員を救うことはできないが、それらを死に追いやった『ビスマルク』を沈めることで、せめてもの鎮魂とさせてもらいたい。

その思いで、トーヴィーは旗艦『キングジョージV世』に座乗していた。

(しかしな)

なにか、おかしかった。

H部隊に所属する空母『アークロイヤル』の艦載機隊が空襲を仕掛けたのは、昨日の夕刻近くだったはずだが、その報告海域から敵はほとんど動いていないように見えた。

なんらかの欺瞞《ぎまん》か、待ち伏せか。だが、特に不審なものは見あたらなかった。数分、様子を見ても変化はない。

敵は護衛なしの丸裸の単艦である。

ここは優勢な火力で叩きつぶすべきだと、トーヴィーは決断した。

「全艦に通達」

トーヴィーはひときわ声を大にした。

「Sink the Bismarck!」

絶望的な状況ながらも降伏は許されなかった。

(あと一時間、せめて三〇分だけでもあれば)

戦艦『ビスマルク』艦長エルンスト・リンデマ

ン大佐は神を呪った。とうてい許されないこととはいえ、この展開に今だけはそうしたい気分だった。

昨夕の被雷で、やはり舵はねじ曲がって動かなくなっていた。修理は不可能と判断したリンデマンは、舵を爆破して除去する案を支持し、その準備も終わりかけていた。

そこに、敵が現れたのだ。

取舵の位置で舵が固定されてしまっている今、『ビスマルク』は左にしか進むことができない。

もちろん、停止した状態で砲戦に臨むのは、まともに敵の集中砲火を浴びるだけで論外である。

壊れた舵を取り去っても不自由なことには変わりないが、左右の推進軸を逆回転させることで、鈍いながらも航行の自由を取りもどすことは不可能ではないはずだった。

そうなれば、まだ展望は開けるはずだったが、それを待たずして敵は出現した。

「敵は戦三、巡五、駆逐艦多数」

「とにかくやるしかない。艦長、砲撃だ」

「はっ」

リュッチェンスもリンデマンも覚悟を決めるしかなかった。

降伏はありえない。総統アドルフ・ヒトラーがそれを承諾するはずもなかったし、不名誉かどうかを別にしても、軍の最高機密である艦を敵に渡してはならないと二人も考えていたからである。

とにかく、千にひとつ、万にひとつの可能性であっても、それに賭けるしかない。

「第一射、弾着」

そこで奇跡が起こった。

回頭しながら苦しまぎれに放った『ビスマルク』の初弾だったが、それが目標への至近弾となった。

砲術長アダルベルト・シュナイダー中佐以下、

砲術科の面々は苦しい状況ながらも、最善以上の務めを果たしたのだろう。

『ビスマルク』は左回頭しながら二射、三射と繰りかえす。

苦しいことに変わりはない。艦が直進で固定されていないため、常に砲塔は旋回を余儀なくされる。

後部の主砲塔二基がようやく射界に入ったかと思うと、今度は前部の主砲塔二基が死角に消える。それでも『ビスマルク』は発砲の光を絶やさない。

（耐えろ、『ビスマルク』。お前の力はこんなものではなかろう。この窮地を乗りこえた先に、輝かしい未来がある。そうではないのか）

リンデマンは胸中で語りかけた。

だが、射撃を重ねるに従って、リンデマンはそれが淡い期待にすぎないことを悟った。

普通ならば、至近弾を得ていれば次の射撃で夾叉弾、その次の射撃で命中弾を得るというのが妥当なステップアップのはずだが、『ビスマルク』は命中弾はおろか、夾叉弾すら得られていない。

三射、四射と繰りかえし、ときおり至近弾は得られるものの、そこからの進展がまったくなかった。

一方、当初は回頭を続ける『ビスマルク』に手こずっていた敵だが、ここにきて精度をあげてきている。

一四インチ弾のものと思われる水柱に代わって、さらに太く高い水柱が突きあがる。

そのうちの一発は『ビスマルク』の左舷艦首をこすり、崩壊する水塊は前甲板にのしあげた。

（ネルソン級か）

弾着の水柱からもあたりはついたが、それ以上に特徴ある艦容から艦型はうかがい知れた。

艦橋構造物を異様なまでに艦の後部に寄せ、三基の三連装主砲塔をその前に集中配置した艦は、ネルソン級をおいてほかにない。

敵は一四インチ、一五インチ、一六インチ砲搭載戦艦をそれぞれ擁しているが、そのなかで最強の火力を擁する艦が来ているようだ。

敵もすでに、こちらの異常には気づいているはずだ。

さらに距離を詰めて主砲を放ってくる。衝撃が艦を貫き、甲板上に炎が躍った。

「右舷艦首に直撃弾！　火災発生」

後ろに引きたおされるような衝撃に続いて、金属的な叫喚《きょうかん》が後頭部を叩く。

「D砲塔に直撃弾！　砲塔損壊」

「了解」

リンデマンは気持ちの乱れを押し殺しながら、報告をただ聞くことしかできなかった。

本当ならば『ビスマルク』の防御力を生かすため、敵を懐にもぐりこませずに距離をとりたいところだが、舵を損傷している今はそれができない。

艦が回りつづけるなかで、近づく敵を主砲で蹴散らすこともままならない。

敵は本射に移行した。三〇秒から四〇秒おきに一四インチ弾と一六インチ弾が降りそそぐことになる。

「左舷艦首に直撃弾！　火災発生」

「左舷中央に直撃弾！　カタパルト全損」

「第一主砲塔に直撃弾！　発砲不能」

甲板上を炎が這い、煙を吸った乗組員が激しく咳き込んで倒れていく。

基準排水量四万一七〇〇トンの堂々たる艦体も、大口径砲弾の連続した直撃に耐えきれずに傷つき、崩れていく。

ドイツの大型艦の特徴である細長いマストは折れ、艦橋前面の大型探照灯も粉砕されて消失する。

被弾のたびに響く甲高い金属音は、『ビスマルク』があげる悲鳴のようだった。

「危ない！」

そのとき誰かが叫んだ。

視界が一瞬暗くなったと思った次の瞬間、けたたましい音をたてて司令塔前面のガラスが砕けちった。熱風が吹き込み、鋭い破片が壁面に突きささる。

罵声と怒声が入り乱れ、鮮血が飛びちるが、リンデマンは幻を見たような気がした。

白い水柱を背景にして、敵戦艦が痙攣《けいれん》するように震えていた。

それは……。


潜望鏡が曳《ひ》いたかすかな航跡が、波にかき消されていた。

「ネルソン級一番艦に魚雷命中。目標を二番艦に変更、雷撃用意」

リンデマンが見たのは幻ではなかった。

『ビスマルク』に向かって巨弾を撃ちつづけていたイギリス本国艦隊の戦艦は、たしかに被雷していたのである。

「ちょっと遅かったかもしれんが、もう駄目かと思うところで、主役は現れるってものだよな」

U・0《ヌル》（ゼロ）艦長チャーリー・シュタインハウアー中佐はうそぶいた。

トレードマークの漆黒の眼帯と軍帽ならぬターバンを巻いた頭は、およそ軍人らしからぬ海賊そのものの姿だった。

「発射」

艦首の発射管からG7e電池魚雷が躍りでる。

動力源が非力なモーターなために雷速は遅いが、燃焼に伴う副産物としての気泡発生がない。よって雷跡を残さない。

シュタインハウアーはその隠密性を優先して、G7eを選択したのである。

「急速潜航、深度八〇」

「深度八〇、潜航します」

全長七六・九メートル、全幅六・四メートル、水中排水量一〇六三トンと、主力のⅦC型よりひとまわり大きいU‐0が大洋の深みへ急ぐ。

ただ、シュタインハウアーは敵の目から逃れて、じっと隠れているつもりなどさらさらなかった。

深度計の針が進む。

ドイツの洗練された工業力が造りだした密封性と強度に優れた艦体は、きしみ音ひとつ漏らすことなく、高まる水圧に耐えぬく。

「深度七〇」

艦体の傾斜が緩やかに戻る。

「予定深度に到達しました」

「よし。取舵一杯、微速前進」

普通ならば、敵駆逐艦に探知されるのを恐れてじっとしているところだが、シュタインハウアーはあえて能動的な攻めの姿勢を見せた。

シュタインハウアーには敵を振りきる自信があった。なぜなら……。

「速力一〇ノットに増速。機関、異常ないか」

「異常ありません」

機関長クリスティアン・ミュンツナー大尉の声には、挑戦的なシュタインハウアーと違って緊張感が含まれていた。

保守点検に抜かりはないつもりだったが、念には念を押しても安心はできない。それほどミュンツナーの扱う機関は気難しかった。

計器類や指示器を入念に確認する。視線を上下左右に、そして再度左右上下に滑らせる。異臭、異音がないかどうか、五感も働かせて慎重に観察する。今のところは問題なかった。

ただ、くれぐれも慢心は禁物だ。ひとたび異常となれば、艦は吹きとびかねない。ミュンツナーら機関員のみならず、乗組員全員の命が危険に晒される。

「よし。一五ノットに増速……どうか」

機関室の空気が、さらにぴんと張りつめる。

異常を示すランプが灯り、警報のブザーが鳴る。そうなれば、すぐさま死に神に腕をひかれることになりかねない。

「総員退避」の是非は、ミュンツナーの判断にかかっていた。極度の緊張に喉が干あがり、一拍一拍の脈が、逆に心臓を叩く錯覚を覚える。

「(圧力、正常。回転、正常。漏洩、なし)異常なし。機関正常」

ミュンツナーは安堵した。乾ききった唇を舐め、目を何度もしばたたかせる。意識して呼吸を整えた。冷や汗は脇の下や額のみならず、全身から吹きでていた。

「二〇ノットに増速」

「二〇ノットに増速します」

もう問題はなかった。

ミュンツナーは深く息を吐いた。胸中には満足感と誇らしげな思いが芽生えていた。

シュタインハウアーの顔には野心的な笑みがこぼれ、ミュンツナーの表情にも緊張から解き放たれた微笑が覗いていた。

水中速力二〇ノットというのは、明らかに破格である。異常と言いかえることすらできる。

そう、U‐0は「異常な」試作潜水艦だった。

世界中のあらゆる潜水艦がモーター推進による水中低速航行に甘んじている状況下で、U‐0は革新的なワルター機関を搭載して、その常識を打破した。

水中では大出力の内燃機関を運転することがで

きない。それは大気、より正確には燃焼に必要な酸素の供給が継続的にできないという理由からである。

それを、ドイツの進歩的な科学者ヘルムート・ワルターが提唱した機関が解決した。

ワルター機関は酸素の供給源として過酸化水素を用いた。それを触媒によって分解して酸素を取りだし、機関の燃焼室へ導く。そこで燃料を噴射して点火し、さらに水を加えて加圧蒸気を生成する。その加圧蒸気をタービン・ブレードに吹きつけ、減速歯車を介してスクリュー・プロペラを回すという仕組みである。

もちろん、実用化までにはさまざまな障害が立ちはだかった。

理論的にはさほど難しいものではなかったかもしれないが、机上でシミュレートすることと、実際に実施することでは、天と地ほどの開きがある。

人間が取り扱う限りは、人に危害がおよばない安全対策が必須となる。この点が、ワルター機関ではもっともネックとなった。

必要量の確保まで高濃縮した過酸化水素は反応性が高すぎて爆発を起こす危険性が高く、事故も相次いだ。実験機関を搭載した艦が廃艦になるほどの事故も、一度や二度ではなかったし、軍人、非軍人を問わず殉職者は数えきれなかった。

燃焼室が二〇〇〇度の高温になることも問題で、周辺機器が耐えきれずに破損することも続出した。

だが、それらの解消への努力が、けっして無駄ではなかったことを、今のＵ‐０は証明していた。

爆雷の炸裂音が伝わってきたが、Ｕ‐０に危害がおよぶことはない。反響の仕方から考えて、炸裂位置はかなり後ろに離れている。

報復にやってきた敵駆逐艦は、あたりをつけて爆雷を放り込んだのだろうが、Ｕ‐０は素早くその場を脱していた。

爆雷が炸裂している間は海中の音はかき乱されており、新たに探知しなおされる可能性は低い。

「いつまでも見当違いの海面を叩きつづけているがいい」

シュタインハウアーは大胆にも、艦をさらに前進させた。

敵に向かう針路は、旧来の常識にとらわれれば危険極まりない行為だったが、シュタインハウアーには敵の裏をかく自信があった。

機関は順調にまわっている。U‐0は悠々と北洋の海中を突きすすんだ。

「前部発射管室より発令所へ。魚雷装填済み」

水雷長からの催促めいた報告に、シュタインハウアーは微笑した。

「機関停止。現深度維持」

敵駆逐艦らしき推進器音はない。安全は保たれていた。静寂を維持して少し様子を見る。

時計の針が静かに進む。

「大型艦らしき推進器音を探知」

ソナーマンの報告に、シュタインハウアーはぴくりと顔を跳ねあげた。

「軸数、わかるか？」

「二軸。二軸のようです」

「よし。潜望鏡深度まで浮上」

「潜望鏡上げ」

推測を確信へ、確信を事実へと変えるべく、シュタインハウアーは矢継ぎ早に命じた。

グリップに肘をかけ、ツァイス製の透明感抜群のレンズをとおして海上に視線を送る。

（よおし！）

思い描いていたとおりの光景に、シュタインハウアーは心のなかで吼えた。

この海域にいる大型艦は戦艦。二軸の戦艦はネルソン級だ。雷撃を見舞ったネルソン級戦艦は、減速を強いられながら退避している可能性がある。

こうしたシュタインハウアーの予想は、見事に的中していた。

三基の主砲塔を前部に集中配置した特異な戦艦が、艦体を左に傾かせながら航行している。

艦首に立つ白波の大きさから、速力は恐らく一五ノットにも満たないはずだ。

やるしかない。いける。とどめを刺すまでだ。

シュタインハウアーは即決した。

「魚雷発射用意。目標、正面のネルソン級戦艦。発射後、ただちに潜航。敵駆逐艦の反撃に備える」

「はっ」

引き締まった表情で、部下たちがあらためて配置につく。U-0の士気は最高域に達していた。

「この艦が量産されたあかつきには、貴様らトミーどもの艦など、かたっぱしから沈めてくれるわ」

シュタインハウアーは豪快に言いはなった。

「発射！」

今度は白い航跡を曳くG7a空気魚雷が飛びだした。

シュタインハウアーは、次の雷撃は追撃戦になると考えて電池魚雷ではなく、通常の空気魚雷を装填させていた。

空気魚雷は駛走《しそう》中に気泡を排出して白く航跡を曳くのが欠点だったが、電池魚雷に比べれば雷速が一〇ノット程度速い。

奇襲を狙うというよりも、逃げようという敵をつかまえて沈めるには、こちらが有利とシュタインハウアーは判断したのである。

効果はてきめんだった。

イギリス本国艦隊司令官ジョン・トーヴィー大将の胸中は、ロンドン名物の濃霧に覆われたかのようだった。

二重三重の葛藤で、気持ちの整理はつきにくかった。

結局、トーヴィーは敵戦艦『ビスマルク』を沈めることができなかった。

戦艦だけでも三対一と数的優勢にあり、しかも敵が舵を損傷する致命的な障害を抱えているという絶対的有利の状況にありながらも、仕留めきれなかった。

しかし、トーヴィーの胸中は「画竜点睛大魚を逸す」「残念至極」という気持ち以上に、むしろ突如現れた新たな脅威に対する不安感や疑問のほうが支配的だった。

トーヴィー率いるイギリス本国艦隊は、敵戦艦『ビスマルク』との砲戦中に雷撃を受けた。

状況から、それはUボートの仕業以外には考えられなかったものの、あまりに状況は異様だった。

Uボートの姿を見たものは誰一人としていない。

駆逐艦がしつこいほどに爆雷攻撃を加えても、撃沈らしい痕跡は、ついに見つけられなかった。

ソナーも失探し、そこにいたはずのUボートは忽然と姿を消した。

初回の被雷では、雷跡も認められなかった。

『ネルソン』と『ロドニー』はなんの前ぶれもなく、突然被雷の衝撃に見舞われたのだ。

さらにトーヴィーを失意に追いやったのは、退避に移った『ネルソン』が二度めの雷撃を受けて撃沈されたことだった。

運よく被雷を免れていた旗艦『キングジョージV世』も、そのまま海域にとどまっていては危険だった。

手持ちの戦艦三隻のうち『ネルソン』『ロドニー』の二隻を失ったトーヴィーは、『ビスマルク』撃沈を断念して撤退を決断せざるをえなくなったのである。

(あれは明らかに追撃だ。複数の潜水艦がいての連携した雷撃とは思えない。だとしたら、敵の潜水艦は水中を高速移動したことになる。

それも一〇ノットや一五ノットではない。そんなことができる潜水艦があるとでもいうのか? 敵はそれだけの新兵器を開発したとでもいうのか?)

トーヴィーの脳裏を、「幽霊潜水艦」の文字がかすめた。

そんなものが頻繁に現れでもしたらと思うと、トーヴィーは高まる悪寒に全身の毛が逆立つのを禁じえなかった。

一九四一年五月二九日　ベルリン

総統官邸に呼びだされた二人の表情は対照的だった。

ドイツ第三帝国総統アドルフ・ヒトラーは、二人を交互に見て声を大にした。

ヒトラーは人心掌握術に優れている。口調は自然と演説調になっていた。

「今回の海軍の働きは、実に素晴らしいものだった。これこそ我がドイツの軍人たる誉と言ってよい。これはゲッベルスに言って、大々的に国民に知らしめるとしよう」

宣伝相ヨゼフ・ゲッベルスはヒトラーの片腕であり、人々の扇動に長《た》けていた。

ヒトラーがここまで昇りつめるのに、ゲッベルスが果たした役割は非常に大きなものだった。

「デンマーク海峡での海戦の報告は受けているが、もっと詳しく説明してくれぬか」

ヒトラーに促された海軍総司令官エーリッヒ・レーダー元帥は、安堵の思いだった。

陸海空と三軍あるなかで、海軍は常に冷遇されてきた。

海軍の整備は莫大な費用を必要とするが、ヒトラーがそれそのものを快く思っていなかったことに加えて、見事な連携で電撃戦を成立させ、次々と作戦目的を達成していた陸軍と空軍に比べて、海軍の実績は地味で目立たないものだったからである。

もちろん、これはドイツ海軍将兵の敢闘精神が足らなかったり、技量が拙劣だったりしたためではない。特にイギリス海軍と比較してあまりに戦力が劣勢であるという環境面の問題が大きかったのだが、ヒトラーはその言い訳を許さなかった。

だが、その風向きは今回、大きく変わった。

ライン演習作戦は序盤で中断せざるをえなくなったが、その成果はヒトラーを満足させるに足るものであった。

「我が第三帝国の戦艦『ビスマルク』は、デンマーク海峡で敵艦『フッド』を撃沈いたしました。『フッド』は敵海軍で最大の艦ですが、それそのものはさしたる成果ではございません」

「ほう」

ヒトラーは上機嫌で身をのりだした。

「『フッド』は竣工して二〇年が経つ旧式艦でありましたし、もともと速力を優先して防御を犠牲にした巡洋戦艦であります。その薄弱な装甲が、我が『ビスマルク』の砲撃に耐えうるものでないことは明らかでございました」

「東洋人の言う『自明の理』ということか」

レーダーの説明にヒトラーは鼻で笑った。

「イギリス人どもが自慢していた艦は、その程度のものだったということだな。だから、一撃で消しとんだと」

「左様です」

「素晴らしい！」

ヒトラーは唾を飛ばして絶叫した。こうした感情表現の豊かさも、人の心をつかむ術のひとつだと、ヒトラーは心得ていた。

「我々海軍が語りたいのは、むしろもう一隻いた戦艦を撃破したことであります」

「『プリンス・オブ』なんとかとぬかす、ふざけた名をつけた艦のことだな」

「はい。あの艦は敵が建造した最新の戦艦でございます。砲戦は一方的だったと聞いており、我が方の戦艦は敵の新型戦艦をも寄せつけなかったということでございます」

「ほう」

ヒトラーはますます喜色ばんだ。

「それに例の潜水艦か」

「はっ」

レーダーはあらためて姿勢を正した。

ワルター機関搭載潜水艦の活躍は、レーダーにとってても驚きだった。画期的な潜水艦だと聞いてはいたが、試作艦が単艦かつ初陣で戦艦二隻を沈めるなど、期待を超えて意外ですらあった。

もちろん、初陣だからこその奇襲効果も否定はできず、今後も破竹の快進撃を続けられると考えるのは早計だが、見事な戦果であった事実は消えることはない。

レーダーは大口径砲を積んだ戦艦こそが、海軍の主力であると考える大艦巨砲主義者だったが、そのような艦隊を整備するのは時間がかかる。

当面は潜水艦と同盟国日本からもたらされた艦載航空戦力に頼るのが現実的であることも理解していた。

「海軍の働きに余は満足している。それに引きかえだ」

ヒトラーの視線が、冷たいというよりも責めの厳しいものに変わった。それが、レーダーからもう一人——空軍の最高指揮官ヘルマン・ゲーリング元帥へと突きささった。

ゲーリングの表情はこわばり、血の気も薄れていた。

独裁国家であるドイツ第三帝国において、ヒトラーの不評を買うことは地位や名誉の剥奪のみならず、死にすら直結しかねない重大事だった。

「莫大な予算と工期を費やした我が軍の貴重な大艦が、空軍の怠慢によって危うく失われるところだった。空軍はいったいなにをしていたのだ」

「…………」

「なにをしていたのだと、聞いている！」

『ビスマルク』の行動に関して、空軍の掩護がなかったことにヒトラーは激怒していた。

ゲーリングはヒトラーが国家元首にのぼりつめる前からの古い友人であり、その関係性もあって現在の地位を手に入れていたのだが、今回の一件はそうした関係性をも覆す大失態だった。

「海軍の船の護衛など、自分たちの仕事ではないと考えていたのではないのか」

「いえ、そんなことはございません。今回は海軍との連絡がうまくつかずに」

「くだらん言い訳など聞きたくない！」

必死にその場を取りつくろおうとするゲーリングを、ヒトラーは一蹴した。

「聞けば、航行不能に陥った原因は、小型機が放った魚雷が運悪く急所に当たったためだというではないか。戦闘機が一個小隊、いや一機でもいれば防げた事故だ。

海軍の新型Uボートが敵を追いはらったからよかったものの、四万トンの戦艦が沈められたとなれば。ゲーリング君！」

睨むヒトラーにゲーリングは硬直した。

「貴官の首を飛ばせばすむ問題ではなくなるぞ」

「は、ははあ」

深々と頭を下げるゲーリングを、ヒトラーはしばし見つめた。そのうえで咳払いして口を開く。

「とは言うものの、余もできるなら手荒なことはしたくない。貴官のこれまでの功績を考え、もう一度だけ機会をやろう。ただし、次はないぞ」

ぞっとして青ざめるゲーリングを前に、ヒトラーは冷笑した。

「それでだ」

そこで一転して柔和な笑みに戻し、ヒトラーはレーダーへと向きなおった。

「空軍が頼りにならない以上、海軍に自衛の手段を持たせるしかないな。かねてから要望のあった航空隊の創設を認めようじゃないか。当然、権限は制限しない」

ゲーリングの表情は、さらに真っ青に変わり果てた。

ヒトラーの言葉は、単に海軍航空隊ができるという単純なものではなかった。

軍政、軍令、さらに具体的に言えば航空機の開発と運用、パイロットの養成から航空隊の編成、航空関連人事、戦略、戦術立案と実行等々……これまで航空に関するものは、すべて空軍の専権事項だったことが根底から崩され、海軍と空軍との並行ラインが敷かれるという意味であった。

「空母の建造も促進してよし。資材と予算は優先的にまわす。受け入れの準備を進めたまえ」

ここで、ドイツの航空戦力は新たなステージへと昇りはじめた。

陸上、あるいは沿岸に限った大陸型の航空戦力だったものが、艦載機による遠洋での作戦能力を持つ全方位型の万能戦力へと、大きな一歩を踏みだしたのである。

第三章
日米開戦

一九四一年一二月八日　マーシャル沖

この日、日米の戦端はついに切って落とされた。

オアフ島の真珠湾を出港したアメリカ太平洋艦隊接近の知らせに、日本海軍連合艦隊の各艦はマーシャル諸島のメジュロ環礁沖に展開して、それを迎えようとしていた。

「しかし、艦隊をこんな西に動かしておきながら、よく言う」

戦艦『長門』艦上の連合艦隊司令部にも、アメリカ合衆国第三二代大統領フランクリン・ルーズベルトが行った議会演説の内容が伝わっていた。

そのなかでルーズベルトは日本、ドイツ、イタリア三国に対する国交断絶と宣戦布告を表明し、議会もそれを追認したのである。

直接の原因とされたのは、日本による仏印、蘭印への進駐である。

日本はこれを、現地総督府の要請に基づく治安維持を目的とするものであると主張したが、アメリカはすでに聞く耳などなかった。

アメリカは不当な侵略と非難し、こうした環境をつくったドイツ、イタリアの責任も重大で、同罪であると断じたのだった。

そのうえで、アメリカはけっしてこのような横暴で卑劣な行為を看過しない。自由主義を標榜する国の代表として、そのような覇権主義を掲げる侵略国家は実力をもってしてでも必ず排除すると、高らかに宣言したのである。

司令長官山本五十六大将以下の連合艦隊司令部は、そこで軍令部からの「ニイタカヤマノボレ」の暗号電を受信した。

マーシャル沖でアメリカ太平洋艦隊を迎えうつ「漣《さざなみ》」作戦発動を意味するものだった。

「しかし、この一方的な物言いには腹が立ちますな」

参謀長宇垣纏少将がむっとして言いはなった。

たしかにそのとおりだと、山本も思う。

日本が仏印、蘭印に進駐したのは、ドイツに本国を占領されたフランスとオランダの弱みにつけこむ行為であって、恫喝とさえ言えるとアメリカは主張している。

だが、その原因は原油を筆頭とするアメリカの禁輸措置なのである。それでも仏印、蘭印と鉱物資源や食糧、原油などの正常な取引ができれば問題なかったのだが、アメリカはイギリスと共謀して圧力をかけ、それを妨害までした。

日本としては国としての生きのこりを賭けた、やむなき最終手段だったのである。

そもそもアメリカは対ドイツ戦に苦しむイギリスの要請もあって、欧州の戦争に介入したがっていた。

しかし、戦争不介入を掲げて大統領選挙を勝ちぬいたルーズベルトは、あからさまにそれを言いだすことができなかった。

そこで日本にさまざまな圧力をかけて、参戦する機会をうかがっていたのである。

日本はその圧力に屈せず、挑発にのらずに最後の最後までアメリカに対する軍事行動を採らなかった。

しびれを切らしたアメリカが口実をつくって開戦したというのが、今回の顛末だった。

（結局、利用されるのを止めることまではできなかったということか）

山本は海軍の要職につきながら、これまで一貫して対米避戦を主張してきた。

駐在武官としてのアメリカ滞在経験から、山本はアメリカの国力が日本のそれをはるかに上まわっていることを理解していた。

南部の広大な穀倉地帯やテキサスの大油田、北東部の先進的な大工業地帯など……それらから生じる戦力差は、とうてい戦術云々で補えるものではないのだと。

だが、それがかなわなかったからといって、職を放りだすわけにはいかない。

こうなってしまった以上、今の職と役割で最善を尽くすだけと、山本は腹をくくった。

後々のことを考えて悲観的になるのではなく、まずは目の前の作戦を成功させるべく、全力で臨む。次のことはそれからだ。

「あんな物言いをしておきながら、何日も前に艦隊を動かしておくとは、どういう神経なのか」

宇垣の呆れは止まらなかった。

ただ、奇襲を許さなかったことは朗報である。敵の動向は確実につかんでいる。だから、自分たちはここにいる。

もちろん、いいことだけではない。

「一見すると、敵の行動は粗雑に見えるかもしれませんが、反面、かなりの計算に基づくしたたかな行動とも言えます」

作戦参謀の三和義勇中佐が注意を促した。

「本来、我々の作戦は向かってくる敵に対して、潜水艦の奇襲に始まり、航空機、水雷戦隊と波状攻撃を加えて敵の戦力を減殺し、対等以上に持ち込んだところで、戦艦部隊が決戦を挑むという、漸減邀撃《ぜんげんようげき》のものでありました。

しかしながら、敵はその時間的余裕を与えなかった。我々に充分近づいたところで、宣戦布告をしてきたわけです」

「侮《あなど》りがたい敵です」と念押しするように、三和は続けた。

「我々が先に手を出すことはないと判断したうえで、敵は決戦海域にこのマーシャル沖を選んだ。我々連合艦隊主力が待ちかまえているであろうことも念頭に置いてです」

「敵にしてみれば、戦艦の数で優位に立ったまま、いっきに決着をつけようということだな」

「そうです」

宇垣の言葉に三和はうなずいた。

「もちろん、このまま手をこまねいているわけにはまいりません」

「案はあるのか？」

「はっ。砲雷同時戦で活路を見出すまでです」

三和はきっぱりと言いきった。語気は力強く、三和の自信が表れていた。

「順序は異なるかもしれませんが、仮に砲戦開始後になったとしても、雷撃で敵戦艦に打撃を与えられないわけではありません。むしろ、敵が砲戦に目を奪われていれば、奇襲効果すら望めるかもしれません。幸い……」

三和は秘匿兵器の存在をにおわせた。

けっして悲観的に考えることはない。

ワシントン条約の影響で、艦隊決戦の主力となる戦艦の数が劣るのはたしかだが、自分たちには一撃必殺の雷撃力を秘める強力な水雷戦隊がある。

砲撃力でかなわずとも、雷撃力で上まわれば勝機はあると三和は考えていた。

（敵戦艦がいかに分厚い装甲を身につけていよう

とも、我が軍の魚雷に耐えることはできん)

だが、敵の用意周到な準備は、三和の想像をはるかに超えていた。

日米決戦の開始を告げる鐘は、「敵艦発見」との見張員の報告ではなく、突然の爆発音によって鳴らされたのである。

閃光が南洋の生温かい空気を切り裂き、突如として太陽を思わせる火球が海面に現れた。

火球はすぐさま膨張して弾け、紅蓮《ぐれん》の炎とどす黒い爆煙に変わった。

連合艦隊旗艦『長門』にその爆発音が届いたころには、黒煙が高々と天に昇り、気化した海水が水蒸気となって海面に広がっていた。

爆発の規模は戦艦が轟沈《ごうちん》したかに匹敵し、見る者すべてを恐怖させた。

「どうした!」

「なにが起こった!」

位置は『長門』から見て左舷やや前方であり、前檣上部の昼戦艦橋からは、はっきりとその光景が認められた。

「第九戦隊の方角だぞ」

「報告急げ!」

「第九戦隊!?」

そこで三和は事の真相を悟った。

現在、連合艦隊は旗艦『長門』を先頭に、戦艦は単縦陣を形成している。

よって、戦艦が轟沈したのではない。

ただ、その戦艦に代わる重要な戦力がそこに控えていた。第九戦隊の軽巡洋艦『大井』『北上』である。

この二隻は艦齢二〇年の旧式軽巡であって、砲力、速力とも見るべきものはない。

半円形の艦首に三本煙突、単装主砲と外見も古めかしく、艦体の老朽化も進んでいた。

退役も視野に入ってきたこの旧式軽巡を甦らせたのが、酸素魚雷の完成だった。

魚雷の燃料燃焼には通常は空気を用いる。しかし、それは駛走《しそう》中に気泡を発して雷跡を残してしまう。速力も遅い。

その空気を純粋酸素に置き換えれば、雷跡を残さずに高速力を発揮できることは、理論上わかっていた。

そこで、各国海軍は酸素を使った酸素魚雷の開発に努めたが、爆発事故などが相次いで開発を断念するところがほとんどだった。

そうした各国海軍を尻目に世界で唯一、酸素魚雷の完成にこぎつけたのが、日本海軍である。

酸素魚雷の性能は革新的で、仮想敵国アメリカの魚雷と比較すれば、射程で四倍、威力で三・五倍、高速で無雷跡という驚くべきものだった。

これは、日本海軍の戦術に大きな変化と発展をもたらした。

飛躍的に伸びた雷撃距離は、戦艦の砲戦距離にすら匹敵するようになり、格段に増した威力によって、駆逐艦のような小型艦ですら戦艦のような大艦を沈めることも不可能ではなくなった。

各国海軍の魚雷は直径五三・三センチが主流だったが、日本海軍はそれを六一センチと大型化して、さらに威力を高めて駆逐艦らに搭載したのだ。

そのうえ、日本海軍はこの酸素魚雷を最大限活用する究極的な水雷艦艇を考案した。

駆逐艦の小さな艦体では、いくら重武装化しても一〇射線内外が限界だが、より大型の巡洋艦に発射管を目一杯積み込めば、桁違いの雷撃力を持つ艦に仕上げることができる。

そこで目をつけられたのが、使い道がなくなりつつあった『大井』『北上』だったというわけだ。

『大井』『北上』は主砲の一部を撤去してまで発

射管を詰め込み、片舷二〇射線、両舷四〇射線の重雷装艦として生まれ変わった。

この艦一隻で一個駆逐隊にも値する驚愕の兵装だった。

旧式軽巡がこれほどの打撃力を秘めるとは、よもや敵も思わないだろう。そこも狙い目になる。

この重雷装艦をもってすれば、敵戦艦の二隻や三隻をまとめて葬ることも夢ではない。

『大井』『北上』は退役間近の老朽軽巡から、一躍、艦隊決戦の切り札として期待される存在になったのである。

ところが、現実はあまりに呆気ないものだった。

爆発の規模からいって、考えられることはただひとつ。魚雷の誘爆である。

しかも、きっかけがどちらかはともかく、巻き込まれる形で、二隻がまとめて爆沈した可能性が高い。

戦艦の分厚い装甲さえぶち破る強力無比の酸素魚雷の前には、老朽化が進んだ軽巡の艦体などひとたまりもなかったに違いない。

たしかに攻撃力は絶大だが、ところ狭しと並べられた発射管と搭載魚雷は、それそのものが危険物であり、重雷装艦とは言いかえれば浮かぶ火薬庫、動く火薬庫ということにもなる。

重雷装艦はその圧倒的な雷撃力を敵に叩きつけることなく、自らの身体を引き裂いて哀れな最期を迎えたのである。

原因は事故か、あるいは……。

答えはすぐにわかった。

「雷跡、左三〇度！」

「取舵一杯！」

間髪いれずに『長門』艦長矢野英雄大佐が命じた。

「雷撃だと!?」

「馬鹿な」

目を白黒させる参謀たちをよそに、『長門』は回避行動に移る。

「とおーりかーじ」

航海長から指示を受けた操舵長の怒声に続き、操舵手が舵輪を回す。

魚雷到達前にかわせれば最高だが、恐らくそれは間にあわない。最低でも雷跡に対して針路を平行にとって、被雷の確率を下げようという狙いだった。

だが、『長門』の反応は鈍い。

実戦配備されている日本の戦艦では最大となる基準排水量三万九一三〇トンの艦体は慣性が働いて、意に添わず直進を続ける。

その力と舵によって左に曲がろうとする抵抗とがせめぎ合うなか、魚雷が海面下を突進してくる。

(急げ『長門』、できるだろう。必ずできる!)

矢野は胸中で艦を鼓舞した。

『長門』には敵戦艦との砲戦という最重要任務が控えている。被雷はそれそのものも問題だが、特に今回は痛手を負うわけにはいかなかった。

決戦には万全の状態で臨みたい。

三和ら参謀たちも、祈るような視線を海面に注いでいた。

ようやく舵が利きはじめたころ、すでに雷跡ははっきりと視界に入っていた。

前方でやり過ごすのは完全に不可能だ。

左斜め前方から向かってくる魚雷に対して艦首が近づく。艦尾が右に振られ、互いの航跡が交錯していく。

矢野らは固唾《かたず》を呑んで海面を見おろす。

白い雷跡が艦首をすり抜けた。

これは大丈夫。転舵したがゆえに被雷という、最悪の状況は免れた。

だが、まだ危険なことに変わりはない。

鋭角的なVの字で向かってくる魚雷に対して、右へ滑る艦尾がかわしきれるかだ。

状況はきわどい。実にきわどい。

矢野の視線は焼けつくような熱気を帯びていた。可能ならば、そのまま魚雷を爆破してしまいたい思いだった。

いつのまにか顔中に汗が吹きだし、つたった汗が顎《あご》からしたたりおちた。

(いけるか。いや)

白い航跡が、白濁した艦尾の泡のなかに消えていく。

「総員、衝撃に備え!」

艦内全域につうじる高声令達器に向かって、矢野は叫んだ。

被雷の衝撃に、艦が急制動をかけられて右に傾く。火炎が甲板を舐め、浸水が艦を蝕《むしば》む。

そんな事態を予期して、矢野は対処指示を考えたが、艦に変化はなかった。

被雷の激震が襲うことなく、艦は平然と航行を続けていた。

「雷跡、右舷に抜けました」

そこで、見張員の報告が届く。声が歓喜にうわずっている。

『長門』はかろうじて、敵の雷撃をかわしたのである。

矢野は冷や汗を拭い、ほうぼうから安堵の息が漏れたが、山本は「一連の変化」を感じとっていた。

「安心するのはまだ早い!」

山本の戒言に続いて爆発音が轟く。

「『陸奥』被雷!」

「『山城』被雷!」

雷撃を受けたのは『長門』だけではなかった。

緊迫した状況にありながらも、隊列が大きく乱れていくのを、山本ははっきりと見ていた。

そして、『陸奥』や『山城』は『長門』ほど幸運ではなかった。

(敵潜か)

山本は敵の正体を悟った。

敵水上艦の姿はない。

湾内や狭い海峡でもなく、機雷による仕業とは考えにくい。残るのは敵潜水艦の襲撃という可能性だけだった。

敵は自分たちの行動を予測して、周到に潜水艦を配置していた。その魚雷の網のなかに、自分たちはまんまと捕らえられてしまったのである。

整然とした単縦陣はすっかり崩され、被雷した艦は洋上をのたうっている。

激しく黒煙を吹きあげる『山城』にいたっては、右舷側に大きく傾き、上甲板を波が洗っている。横転、沈没は時間の問題に見えた。

艦隊決戦の頼みの綱たる第九戦隊は失われ、戦艦部隊は立ち往生してしまった。

機先を制したのは、完全に敵だった。

そこに、追い打ちをかける報告が飛び込む。

「前方に敵艦隊。戦艦らしき大型艦、複数。敵主力と思われる!」

「なんだと……」

連合艦隊司令部は凍りついた。

強気だった三和の表情からは血の気が薄れ、表情こそ変えないものの、無言の様子に宇垣の動揺も表れていた。

敵はこれ以上ない、最悪のタイミングで現れた。

連合艦隊は、戦う前から大きなハンディを背負わされたのである。

アメリカ太平洋艦隊司令部にとっては、最高の滑りだしだった。

日本艦隊との決戦に向けて綿密に計画を練って

きたが、そのすべてが期待どおりにまわっている。

潜水艦隊の奇襲成功に司令部は沸いたが、敵主力の傷ついた様子と混乱ぶりは期待以上のもので、艦隊将兵の熱気と高揚は最高潮に達しようとしていた。

司令長官ハズバンド・キンメル大将も興奮を隠せなかった。

世界一の大艦隊を率いて、太平洋の覇権を賭けて宿敵日本艦隊との決戦に臨むという状況は、海軍軍人としてのキンメルに、このうえない喜びと高揚をもたらしていたが、狙いどおりの展開はさらにその気持ちに拍車をかけていたと言っていい。

「いっきに叩きつぶしてやる。トーゴーの後継者たる貴様らに勝つことで、名実ともに我らが世界一となるのだ」

戦力的には自他ともに認める世界一だが、名声という点では敵に一歩譲る。

キンメルらアメリカ海軍の高官にとっては、それがコンプレックスとなって、長年自尊心に傷をつけてきた。

二〇世紀初頭のツシマ沖海戦で、東郷平八郎率いる連合艦隊が当時世界最強だったロシア・バルチック艦隊に完全勝利したという栄光が敵にはあるが、自分たちにはそれほどの栄光はない。

独立戦争や米西戦争などの勝利はあっても、ネルソンやトーゴーのように、世界の海戦史に名を残す提督は、アメリカ海軍からは出てきていないのである。

アメリカ海軍は、いわば無冠の帝王として世界の頂点に君臨していた。

それを自分が塗りかえる！

新興国ながらも旺盛な上昇志向と勤勉性で急速に力をつけて、伝統国をしのぐまでになった日本の艦隊と頂上決戦を戦い、それを制す。

それも圧倒的な内容として、そのまま太平洋を押しわたる。

そうなれば、自分の名は「太平洋の覇権を合衆国にもたらした偉大な提督」として、国の歴史に名を刻まれるどころか、「世界最大の海戦に勝利し、史上最大の勢力を確立した唯一無二の存在」として、世界史に燦然《さんぜん》と輝きつづけていくに違いない。

自分を称える万雷の拍手と胸から溢れる勲章の数々……キンメルは想像に酔った。

普段は不快に感じる艦の揺れも心地よい。

「砲撃目標は戦隊ごとのわりふりでよろしいですか」

「あ、ああ。それでいい」

参謀長リチャード・エドワーズ少将の声で、キンメルは現実に引きもどされた。

(そうだ。まずはこのチャンスを確実にものにすることからだ)

だらしなく緩みかけた頬を引き締めなおして、キンメルは命じた。

「艦隊針路、二六〇。泡を食っている敵をまとめて沈める。もたつくな」


日本海軍連合艦隊は奇襲を受けた衝撃から、すぐには立ちなおれないでいた。

被雷した艦を除いて隊列を詰めようにも、各艦が衝突を避けようと思い思いに舵を切った結果、予想以上に艦隊はばらけてしまっていた。

整然としていた単縦陣は大きく蛇行し、各艦の距離は思いのほか広がっている。

そこに、敵が一心不乱に突進してきている。

連合艦隊は「集まれ」との発光信号を各艦に繰りかえし送っているものの、動きはきわめて鈍い。

水雷戦隊と巡洋艦戦隊には突撃を命じたものの、

それらに過大な戦果を求めるのは酷だ。

「僭越《せんえつ》ながら申しあげます」

やむにやまれずといった様子で、連合艦隊旗艦『長門』艦長矢野英雄大佐が歩みでた。

「幸い本艦は無事です。単艦での砲撃許可を願います。一隻でも二隻でも本艦が引きつけることで、味方が態勢を立てなおす時間を稼ぐことができます」

「駄目だ」

即座に反応したのは参謀長宇垣纏少将だった。

「やみくもに反撃したとて、効果は知れている。ばらばらに戦っていては、出せる力も出せぬようになる。なんのための陣形や戦術か、知らぬ貴官ではあるまい」

宇垣は砲術を専攻してきた筋金入りの大艦巨砲主義者である。

砲術とはなんたるか、砲撃を最大限効果的なものにするには、どういった戦術が必要か、机上であるいは巡洋艦や戦艦の艦上で研鑽《けんさん》を繰りかえしてきた男だ。

矢野は航海術を専攻としていたが、『長門』艦長に就任するにあたって砲術の研究も怠りなく、宇垣の言うことがもっともであることもわかっていた。

それに矢野は『長門』艦長の立場にあって、『長門』の指揮を執るのが職務である。作戦方針に口を挟む権限などないのだが、それでも言わずにはいられなかった。

「しかし……」

「敵艦、発砲！」

納得のいかない矢野の神経を逆なでする報告が届く。

「一番艦に続いて二、三番艦も発砲！」

「敵一番艦はペンシルヴェニア級戦艦と認む。針路、二六〇《ふたろくまる》」

「長官！」

「申しあげます」

いてもたってもいられない矢野に同調したのは、作戦参謀三和義勇中佐だった。

「敵主力が、すぐそこまで迫っています。このまま手をこまねいていれば各個撃破されかねません。参謀長のおっしゃることももっともですので、ここは戦隊単位での行動を許可してはいかがでしょうか」

「戦隊単位か」

司令長官山本五十六大将は、振りかえることなく前を向いたまま思考をめぐらせた。参謀たちに背を向けたまま、数秒間のときが流れる。

「第一戦隊は本艦のみ。集中砲火を浴びることになるな」

「はっ。たしかにその危険性はございますが」

矢野も三和も半歩下がってうつむいた。

長官の懸念は強い。考えは否定的なようだ、と思った二人だったが、山本の答えはまるで正反対のものだった。

「それは結構」

「はっ」

そのとき、二人は山本の真意を理解できなかった。想像とは真逆のものに、思考がすぐには追いつかなかった。

「それでこそ、我々司令部が出てきた甲斐があるというものではないか。指揮官、先頭。囮《おとり》でも盾でも、立派にこなしてみせようではないか」

「長官！」

血相を変えたのは宇垣である。

「長官の身にもしものことがあっては、とりかえしのつかないことになります。長官は我が海軍にとって」

そこで山本はかぶりを振って制した。

「私の代わりなど、いくらでもいる。我が軍には参謀長のような優秀な人材がおるだろうに」

「………………」

言葉に詰まる宇垣に、山本は不敵に笑った。

「もちろん、犬死にするつもりなど毛頭ないし、初めから生還の見込みを捨てるつもりも、さらさらない。敵を一隻でも二隻でも沈めて、頃合いを見て艦隊をまとめる。決戦はそこからだ。苦労をかけるな、艦長」

「いえ。望むところです」

矢野は気丈に答えた。

「我が乗組員の優秀なところをお見せするいい機会です。敵に目にものを見せてやりますよ」

矢野の表情は、けっして暗いものではなかった。もちろん、無理をしている部分が多々あったことはたしかだが、悲壮感よりも逆境を跳ねかえしてやろうという意気込みが優ったものだった。

「ならば」

宇垣も覚悟を決めた。

「さすがに単艦で同航戦を挑むのは無謀だろう。反航戦で敵の注意を惹くというのはどうだ。やぶれかぶれで敵艦隊に突っ込むよりは、まだ有効な策だと思うがな」

「おっしゃるとおりですね」

矢野が同意し、山本もうなずいた。

そうと決まれば、立ちどまっている理由はない。

「面舵一杯！　本艦針路八〇《はちまる》。右砲戦用意」

矢野は命じた。

『長門』は艦首を右に振りむけて、針路を東北東にとった。前部の連装二基計四門の主砲身を大きく振りあげて、戦闘態勢に入る。

それはあたかも、日本の狼が左右両前足の爪を剥きだしにして、獲物に飛びかかっていくかのようだった。

足並みが乱れる敵を嘲笑《あざわら》うかのように、アメリカ太平洋艦隊の各艦は整然と砲撃していた。

「敵戦艦一隻、向かってきます。ナガト・タイプの模様」

「血迷ったか」

アメリカ太平洋艦隊司令部参謀長リチャード・エドワーズ少将は、せせら笑った。

「敵の旗艦でしょうか」

「だろうな」

「だとしたら好都合です」

司令長官ハズバンド・キンメル大将の反応に、エドワーズは鼻を鳴らした。

「ヤマモトの旗艦を潰してしまえば、敵は総崩れになるでしょう。ここはいっきに」

「いや、待て」

意気込むエドワーズだったが、キンメルはさらにその上をいっていた。

「敵の誘いにのることはない。我々は敵の乱れに乗じて、敵主力の大半にダメージを与えうる状況にある。

敵旗艦に固執して、あえてその機会を逃すことはない。当初の予定どおりに行動すれば敵旗艦はおろか、敵戦艦すべてを沈めてもおかしくはない」

キンメルは豪語した。

敵がなぜあのような無謀とも思える行動に出てきたのか？

そこには必ず理由があるはずだ。

それを考えて、敵にとって最悪、自分たちにとって最良と思える行動を採るのが肝要だ。

そのような敵の立場にたっての深い読みなど、このときのキンメルにはなかった。

興奮と高揚で視野狭窄《きょうさく》に陥っていたキンメル

は、押して押して押しまくる猪突猛進の思考に凝《こ》りかたまっていた。

しかし幸か不幸か、その選択はアメリカ太平洋艦隊にとっては正しく、敵にとっては不都合な行動になっていたのである。

「針路そのまま。本艦および『アリゾナ』、砲撃目標ナガト・タイプの戦艦一番艦。『ネヴァダ』『オクラホマ』、砲撃目標ナガト・タイプの戦艦二番艦。以下、砲撃目標変わらずだ」

キンメルは命じた。

キンメルが将旗を掲げた戦艦『ペンシルヴェニア』と同型艦『アリゾナ』が砲声を轟かせる。

主砲口径は一四インチにとどまるが、それを三連装砲塔に収め、前後に背負い式に二基ずつの四基一二門を有する強武装が特徴の戦艦である。

敵ナガト・タイプの戦艦が持つ主砲は口径一六インチと格上だが、門数は八門と少ない。

キンメルは充分に対抗可能と見ていた。

敵も撃ちかえしてくる。まばゆい発砲炎に続いて、どす黒い猛煙が敵艦の姿を隠すが、その時間はわずかだ。

煙塊がすぐに後ろに振りはらわれることから、目標はかなりの速力を出していると思われる。

「弾着、ナウ！」

目標は、回頭してから放った初弾が到達の時間を迎えた。

「遠、遠……」

（まあ、そううまくはいかぬ）

初弾命中の期待が裏切られて漏れるため息を耳にしながら、キンメルは苦笑した。

たしかに初弾命中が鉄砲屋の理想ではあるが、遠距離におよぶ戦艦の砲撃では、現実的には不可能に近い。

それに『ペンシルヴェニア』の場合は、反航戦で向かってくる目標に対しての砲撃であって、難易度は高い。

互いに最大戦速で向かいあえば、相対速度はかなりのものとなり、それだけ目標が動く距離も大きくなる。

それに敵の戦艦は、防御力を重視して速力低下に目をつぶった自分たちの戦艦よりも優速と予想されている。ある程度の外れ弾は覚悟のうえだと、キンメルは考えていた。

弾着はすべて目標を飛びこえて終わった。

それだけ目標は予想以上に前に来ていたということになる。

砲身が下げられ、再び砲声が海上を揺るがす。強烈な反動と衝撃が容赦なく乗組員を襲う。しびれすら感じさせるものだが、今のキンメルにとっては、心地よい刺激だった。

(慌てることはない)

敵弾の飛翔音も聞こえてきたが、それは極大に達することなく、遠く背後に抜けていく。

敵もまた、照準を見誤っているのだ。

「『ネヴァダ』より報告。『目標に命中二。これより本射に入る』」

「おおっ」とどよめく参謀たちを背に、キンメルは小刻みに顎を揺らした。

「よしよし」という反応に、「当然だ」という思いが重なったものだった。

『ネヴァダ』が目標としていたナガト・タイプの戦艦二番艦は、先の潜水艦の襲撃で被雷したことが確認できている。

浸水して動きが鈍った目標への砲撃は、比較的楽だったはずだ。

対して、目標の艦上に発砲の炎は見られない。被雷して傾斜した艦体の復元に手こずっているのかもしれない。

やはり自分の判断は正しかったのだと、キンメルは内心で自画自賛した。

敵将の首を取るのは、たしかに重要で優先すべきことだが、敵が弱っているところをあえて見逃してまで執着するのは間違いだ。

回復する時間を与えず、弱った敵は二度と立ちあがってこられないよう大洋というキャンバスに沈める。

それが今、実践のうえで証明されつつあるのだ。

その間にも旗艦どうしの砲戦は進んでいる。

初めは互いに前部の主砲塔でのみ撃ちあっていたが、いつしか後部主砲塔も射界に入り、全砲塔で撃ちあう格好となっている。

当然、目に入るものも、目標の前面から側面に変わっている。

日本戦艦の特徴である、前寄りに置いた艦橋構造物と長い艦尾が遠目にもわかる。

メイン・マストには、誇らしげにふたつの旗が翻っている。ひとつは軍艦旗、もうひとつがヤマモトの大将旗だ！

「ヤマモト」

キンメルは最大のライバルの名を口にした。

アメリカ海軍にとって、日本海軍は太平洋の覇権を争う宿敵である。

そして、アメリカ海軍の代表者をキンメルとすれば、日本海軍の代表者はヤマモトということになる。

すなわち、キンメルにとってはヤマモトが最大の敵であり、宿敵になる。

そのヤマモトと開戦劈頭《へきとう》にこうして砲を向けあうことは、運命だったと言っていい。

（自分はこの海戦でアメリカ海軍が名実ともに世界一であることを証明しようと思っていたが、もうひとつ、自分が世界一の艦隊指揮官であること

を見せつけるという目的もあったからな）

だが、そこでキンメルは冷や水を浴びせられた。互いに牽制しあうような緊張した展開は、敵の先制という形で破られたのである。

予兆はあった。

甲高い敵弾の風切り音が、これまでにないほど膨らんだかと思うと、赤熱化したなにかが視界をよぎったような気がした。

次の瞬間、キンメルは目の前に火花が散ったような錯覚を覚えた。

いや、事実、火花は散っていた。

引きちぎられた板材やねじ曲げられた鋼鈑を背にほとばしる炎が、木屑や木片を舞いあげていた。

基準排水量三万三一〇〇トンの艦体は瞬間的に前のめりに沈み込み、がっしりとした三脚檣が、まるで風に揺れる竹林のように傾いた。

参謀の何人かといっしょに、キンメルは足をすくわれるようにして転倒した。

「被害報告！」

艦長チャールス・クック大佐が、よろめきながら報告を求める。

「提督、大丈夫ですか」

「ああ、平気だ」

エドワーズに腕を引かれてキンメルは立ちあがった。幸い、自分も含めて大きな怪我をした者はいないようだ。

印象は派手だったが、さほどの被害ではないとキンメルは直感した。

「あれか」

艦首方向に目を向けると、錨甲板のやや後ろに白煙があがっている。

どうやら、敵弾は上甲板を上から斜めに貫いて、左舷に抜けたらしい。爆圧や熱風が艦内にとどまることはなく、妙な言い方だが「最高の命中」だったと言えなくもない。

（当然、そう来るな）

敵は本射に移行した。

これまでとは比較にならない規模の発砲炎が敵艦上に咲いた。まるで、艦全体が瞬間的に燃えあがったかの印象さえ覚えさせるものだった。

そして、弾着は先のような幸運が続くはずがなかった。

（来た！）

キンメルは身構えた。

甲高い飛来音で敵弾の接近は誰もがわかったが、キンメルの生粋の鉄砲屋としての直感が、災いを警告していた。

頭上を圧する轟音が極大に達したと思うや否や、基準排水量三万三一〇〇トンの艦体が激震した。

先の命中弾とは逆の、引きたおされるような衝撃にキンメルらは大きくよろめき、金属的叫喚が両耳から脳天へと突きぬけた。

どこか重要箇所が破られたであろうことは、すぐにわかった。

艦の後部に炎があがり、黒煙が甲板上を流れる。

「第四砲塔に直撃弾！　右砲、中砲、損壊、発砲不能」

言葉にならないうめきが、そこかしこから漏れた。

（さすが、世界のビッグ・セブンの一角か）

キンメルも内心でうめいた。

敵のナガト・タイプの戦艦『ナガト』『ムツ』は、我がコロラド・タイプの戦艦『コロラド』『メリーランド』『ウェスト・ヴァージニア』、イギリス海軍のネルソン・タイプの戦艦『ネルソン』『ロドニー』と並んで、ワシントン海軍軍縮条約締結に伴うネイバル・ホリデー期間中に、世界で七隻しかない一六インチ砲搭載戦艦として知られていた。

当然、一発あたりの破壊力は、口径一四インチの『ペンシルヴェニア』の主砲を上まわる。

『ペンシルヴェニア』は一発の被弾で、一二門中二門、すなわち一七パーセントの主砲破壊力を失ったことになる。

(ただな)

必要以上に悲観的になることはないと、キンメルは感じていた。

砲塔に一六インチ弾の直撃を食らったものの、三連装主砲のうち一門だけでも残ったことを評価したい。これこそ、防御を重視したアメリカ戦艦の設計思想がもたらした成果なのだと。

敵はかさにかかって砲撃してくる。

弾着修正の必要がないので、次発装填が済み次第の連続斉射ということになる。

橙色の発砲炎に続いて黒煙が敵艦の姿を隠し、それが航走に伴う合成風によって吹きはらわれる。

そこに『ペンシルヴェニア』の射弾が到達した。

「命中!」

キンメルもたしかに見た。

目標の中央付近に十字の閃光が揺らぎ、小さいながらも火球が弾けた。

黒色の破片とともに、棒状のなにかが跳ねとぶのも目に入った。

ナガト・タイプの戦艦は、左右両舷に砲廓式の副砲を並べている。『ペンシルヴェニア』の一撃は、その副砲を破壊したに違いなかった。

「OK!」

エドワーズもひと言叫び、押されぎみで苛立っていた雰囲気が一変した。

「オール・ファイア!」

『ペンシルヴェニア』は健在な一〇門すべての砲門を開いて反撃に転じた。

重量六八〇キログラムの一四インチ徹甲弾が、初速八二三メートル毎秒で叩きだされ、強烈な反動で艦体が左舷側に傾く。

しかし、全力射撃はすぐに終わりを告げた。

『ペンシルヴェニア』と『ナガト』は互いに全速で反航戦を進めており、相対速度は四〇ノット台後半に達する。

これは一分間で一四〇〇メートルあまりも互いに近づく、あるいは遠ざかることになるため、相対位置の変化は激しい。

後部主砲塔がようやく目標を射界に捉えたかと思うと、今度は前部主砲塔が死角に入ってしまった。

ただ、それは敵も同じである。

「追撃しますか」

「ノー」

エドワーズの伺いを、キンメルは言下に否定した。

「反転しましょう。今すぐに」というクックの視線も感じたが、キンメルの気持ちは変わらなかった。

「我々の目的は敵旗艦の撃沈ではなく、敵艦隊の撃滅にある。繰りかえしになるが、敵旗艦に固執する必要はない」

「いいな」と念押しするように視線をめぐらせ、キンメルは命じた。

「艦隊針路このまま。乱れている敵を各個撃破する。艦長、次の目標は前方のイセ・タイプだ。『アリゾナ』以下にも通達せよ」

アメリカ太平洋艦隊の戦艦群は、単縦陣を保ったまま直進した。

敵が態勢を立てなおす前に、決定的な打撃を与えておこうというキンメルの考えに揺るぎはなかった。

そして、その判断は正しかった。

司令長官山本五十六大将以下、連合艦隊司令部を乗せた旗艦『長門』は、単艦で敵主力に挑みつづけていた。

「敵はのってきませんでしたね」

参謀長宇垣纏少将は、遠ざかっていく敵旗艦を目で追った。

味方が態勢を立てなおす時間を稼ぐため、『長門』は単艦で敵戦艦群に砲戦を挑むという「暴挙」に出た。

艦隊旗艦という餌を目の前にぶら下げて敵を引きつけようという狙いだったが、敵はその誘いにのってこなかったのである。

『長門』に主砲を向けていたペンシルヴェニア級戦艦二隻は、射界から外れても反転してくることはなく、その後ろにいたネヴァダ級戦艦二隻は、はじめから『長門』を砲撃目標としてこなかった。

山本の思惑は、敵将キンメルにあっさりと払いのけられた。

だが、山本の表情に落胆の色はなかった。焦りや迷いを見せることもなく、山本はいたって落ちついていた。

「なに、敵はまだまだいる。こちらを向かんというなら、無理やりにでも向かせるまでだ。艦長」

「はっ」

『長門』艦長矢野英雄大佐が半歩前に出る。

「砲撃目標はテネシー級一番艦だ。一、二隻沈めれば、敵は必ず食いつく。頼むぞ」

「はっ」

矢野は踵を揃えて姿勢を正した。伝声管にとりつき、指示を出す。

『長門』はテネシー級一番艦『テネシー』への砲撃を開始した。砲術科員は士気、練度ともに高く、戦意は旺盛だった。

『テネシー』と同型艦『カリフォルニア』が反撃してきたが、射撃の正確性では、はるかに『長門』が上だった。

『長門』は三射めで夾叉弾を得て、四射めから本射に移行した。そして、二度めの本射で『テネシー』に命中弾を与えることに成功した。

幸運な一打と言えばそれまでだが、『テネシー』の艦尾を襲った一発は、推進軸や舵を一挙に吹きとばして『テネシー』の足を奪った。

航行の自由を失った『テネシー』はその場に停止し、後傾斜も進んで戦列から脱落した。

さらに、次の目標としたニューメキシコ級戦艦の二番艦『ミシシッピ』は、砲塔への直撃弾を皮切りに、艦全体を炎に包み込んで戦闘不能に追いやった。

弾火薬の誘爆、轟沈という劇的な末路とはいかなかったが、砲塔から広がった火災は深部へと達して、低く構えた重厚な箱型艦橋や鋭く突きだした艦首なども飲み込み、『ミシシッピ』を海上の松明《たいまつ》へと変えた。

意気あがる『長門』は、ついに宿敵コロラド級戦艦への砲撃を開始した。

ワシントン条約下における世界のビッグ・セブンどうしの激突は、日米艦隊決戦の象徴と言えるものだった。

『長門』が砲撃目標に選んだのは、三番艦『ウェスト・ヴァージニア』だった。

後檣への直撃弾はアメリカ戦艦に特有の籠マストをねじ曲げ、艦中央への直撃弾は煙突を破壊して有毒な排煙を甲板上にまき散らした。

艦首への一撃は文字どおり鼻っ柱をへし折り、凌波性を低下させると同時に、艦容を無様なものに変貌させた。

しかし『長門』の快進撃も、ここまでだった。

格下の戦艦相手ならばともかく、同格の相手に、しかも三倍の数を敵にまわしては勝ち目はなかった。

加えて、ここまでの砲戦でのたび重なる被弾で『長門』は傷ついていた。

主砲塔四基のうち、前部の第二主砲塔は旋回不能に陥り、水線下の被弾による浸水で速力も低下していた。

そこに、コロラド級戦艦三隻の射弾が殺到する。

「後檣に直撃弾！　予備射撃指揮所全壊」

「第三主砲塔に直撃弾！　砲塔損壊」

「右舷艦首に至近弾！　火災発生」

「怯《ひる》むな。撃ちかえせ！」

矢野の指示の下、それでも『長門』は発砲の炎を絶やさなかった。

「命中！」

目標艦上に火柱があがった。大量の火の粉が飛びちり、炎は徐々に黒煙にとって代わられた。

爆発の規模からいって、砲塔一基を潰したことは間違いない。

さらに『ウェスト・ヴァージニア』への一撃は、搭載水偵もろとも航空兵装を叩きつぶす。揚収用クレーンがけたたましい音とともに撃砕され、跳ねあげられたカタパルトがくるくると回転して宙に舞う。

しかし、報復はまさに三倍返しでやってきた。

連続する被弾の衝撃に『長門』は翻弄された。

全長二二四・九メートル、全幅三四・六メートル、基準排水量三万九一三〇トンの艦体は前後左右に揺さぶられ、山本や宇垣、矢野ら、その大半がなぎ倒された。

上甲板はさながら瓦礫《がれき》の堆積場と化し、鋭利な断面を覗かせる破孔からは、褐色の煙が活火山のように吹きだす。

真っ赤な炎は艦の内外へ広がり、一部は海面へも這いだして、海水を気化させた。

「長官」

「無事か」

「はい。この程度ではくたばりません」

山本らは多量の塵埃《じんあい》を払いのけながら立ちあがった。

頭上からありえない光が覗いている。

どうやら、昼戦艦橋上層の射撃指揮所が破壊されたらしい。艦が右に傾斜しているのも、はっきりとわかる。

「長官、さすがに」

「潮時だな」

宇垣の言葉に山本も同意した。

「艦長、撤退だ」

「はっ」


矢野も自身の艦が限界にきていることは、よくわかっていた。

「単艦で敵戦艦三隻を撃沈破し、これだけの敵を引きつけたのだ。胸を張っていい」

山本は矢野の労をねぎらった。

「第二戦隊と第三戦隊からの応答は」

「ありません。いまだ混乱の最中、あるいは通信機の故障かもしれません」

「そうか」

確証は得られなかったが、『長門』が時間を稼いだことによって、それらは立ちなおっているに違いない。

そう、信じたかった。

『長門』は取舵を切って戦闘海域からの離脱をはかった。

残存戦力を再構築して再度戦略を練りなおす。

そのつもりだったが、それをやすやすと許す敵ではなかった。

「前方に敵駆逐隊！」

「左舷からも来ます！　隻数、少なくとも四」

連合艦隊司令部は凍りついた。

ここまでの砲戦で『長門』の火力は大半が失われている。特に中小艦艇を撃退するための副砲は壊滅的な状態である。浸水も進み、動きも鈍い。『長門』が敵駆逐隊の雷撃を逃れられるはずがなかった。

「両舷、前進全速。急げ！」

矢野の指示もむなしく、白い雷跡が一本、二本と『長門』の舷側に吸い込まれた。

真っ白な水柱が高々と吹きあがり、穿《うが》たれた破孔から海水が奔流と化して艦内に浸入する。

濁流が乗組員を飲み込み、奥へ奥へと進んで浮力を奪い、左右のバランスを崩していく。

内務班が復旧に走るも、それを嘲笑《あざわら》うかのように艦内の水かさは増し、機関や缶室といった重要区画さえも、海水に浸食されていった。

洋上に立ち往生しかける『長門』に、とどめとばかりに敵戦艦の巨弾が降りそそぐ。

それは「ここまで、よくぞ小癪《こしやく》な真似をしてくれたな」という、敵の怒気がこめられているようだった。

すでに破壊されていた砲塔上に再び巨弾がぶち当たり、残骸をさらに細かく撃ちくだく。

連続する至近弾は荒波を甲板上にのし上げ、大小の瓦礫をさらっていく。

踊りくるう炎と拡散する煙は、逃げまどう乗組員を容赦なく襲う。

背中に火がついた兵が、絶叫しながら甲板上を転げまわるかと思えば、有毒な煙を吸い込んだ兵が咳き込みながら、ばたばたと集団で倒れていく。

「総員退却を」

「やむをえん」

「急げ」

山本は通達を出そうとする矢野を目で追った。

直後、これまで経験したことのない縦の振動が足元から襲った。

不気味な音とともに熱気が伝わったかと思うと、昼戦艦橋の床が音をたてて崩壊した。

爆風にのった紅蓮《ぐれん》の炎が勢いあまるくらいに吹きぬけ、その場にあるすべてを焼いた。

悲鳴、怒声、罵声、それらはどこかに届くはずもなく、轟音にかき消され、熱風に吹きけされていく。

急激な温度上昇と物理的な圧力によって、灼熱地獄と化した空間中の物質が無に帰していく。

艦体は大きく傾き、海面が渦を巻きながら、それを引きずりこんでいく。

連合艦隊旗艦『長門』は孤軍奮闘したものの、衆寡《しゅうか》敵せずマーシャル沖に没した。

総員退去の指示を出すこともままならず、『長門』は連合艦隊司令部と乗組員の多くを抱えたまま、暗い水底へと沈んでいったのである。

同日同時刻　マーシャル沖・空母『飛龍』艦上

「連合艦隊司令部、通信途絶」の報告は、各航空戦隊司令部にこれ以上ない衝撃を与えた。

ある者は絶句してうなだれたまま動かなくなり、またある者は放心状態でその場に立ち尽くした。

水上部隊から離れて後方に待機していた各航空戦隊としては、水上部隊の勇戦敢闘を祈っていたが、それがかなわなかったどころか、壊滅の危機に瀕しているかもしれないという非常事態にすら思えてきたのである。

「第二戦隊や第三戦隊の司令部とは連絡がつかん

のか」

　第二航空戦隊司令官山口多聞少将は、状況の正確な把握に努めようとしていた。

　山口自身も動揺があって当然だったが、山口は自分を動かすことで、余計な負の思考を打ちけそうとしていた。

　水上部隊の筆頭指揮官は、言うまでもなく連合艦隊司令長官山本五十六大将だったが、その山本長官がなんらかの理由で指揮が執れなくなった場合、指揮権は次席指揮官である二戦隊司令官が引きつぐことになる。

　二戦隊司令官も駄目であれば、次は三戦隊司令官と、継承順位はあらかじめ明確化されているはずだった。

「二戦隊、三戦隊とも、こちらの呼びかけに応答ありません」

　通信参謀石黒進少佐の表情は暗かった。

　どちらも旗艦が撃沈されてしまったのではないかとでも言いたそうな、石黒の表情だった。落胆と不安に、気持ちが明らかに後ろむきになっている。

（まずいな。このままでは艦隊全体が総崩れになってしまう）

　山口は第一航空戦隊旗艦・空母『赤城』に目を向けた。『赤城』には一航戦司令官原忠一少将が座乗している。

　原は海兵三九期で、山口より一期上にあたる。直接的に山口の二航戦へ命じる権限はないものの、まったく無視するわけにはいかなかった。

（動きなしか）

　山口はすでに一航戦司令部あてに「出撃の要ありと認む」と打診していたが、返ってきたのは「上級司令部の指示を仰ぐ」という受け身の答えだった。

その上級司令部と連絡がとれない以上、ここは主体的に動く必要があると思うのだが、一航戦司令部はあくまで待機を続けるらしい。

二航戦の空母二隻──『飛龍』『蒼龍』の飛行甲板上には、すでに発艦の指示を待つだけの艦載機が並んでいる。

搭載機のおよそ半数となる戦爆雷連合である。

(どうする?)

もはや考えるまでもなかった。

「一航戦司令部あてに発光信号」

山口は命じた。

「『我、水上部隊の状況把握に努む。艦載機を発艦させんとす』以上だ」

ついで配下の艦長あてに命じる。

「攻撃隊、発艦させよ。待機中のすべてだ。目標は一戦隊らと交戦中の敵艦隊」

「攻撃隊を出すと、おっしゃられるのですか」

「しかも全機」

驚いて問いかえす首席参謀伊藤清六中佐と石黒に、山口は迷いなく言いきった。

「そうだ。今あげている全機だ。水上部隊の状況は不明だが、我々が艦載機を出すことで不利になることはあるまい。少なくとも多少の掩護にはなるはずだ。

そうなれば、二航戦単独ではすべて出しても足らんくらいだろう。それこそ、格納甲板を空にして総出撃させたいくらいだ。

幸い、敵空母の動きは鈍い。空襲があるとは思えん状況だしな」

伊藤と石黒だけではなく、旗艦『飛龍』の航海艦橋にいる者すべての視線が、山口に集まった。

訓示さながらに山口が言葉を紡ぐ。

「航空機で戦艦を沈めることはできん。航空主兵主義者がいかに近代化を叫ぼうとも、それは自己満足にすぎん。空襲で敵艦隊撃滅などという飛行機屋の言うことなど戯言《ざれごと》だ。

我が軍には、そんな声がまだまだあるのも事実だが、我が攻撃隊ならば確たる戦果を持ちかえってくれるものと自分は信じる。

一騎当千の我がパイロットたちは、必ずやこの事態を打開してくれることだろう」

「…………」

山口は一人一人の目を見つめた。

「残念だが、味方が苦戦しているのは明らかだ。ここで一矢《いっし》を報いねば、なんのために我らはここまで来たのか。これまでのつらく厳しい訓練は、なんのためにやってきたのかと悔いを残すことになると自分は考える。

もちろん、すべての責任はこの山口にある。ついてきてくれぬか」

「司令官がそこまでおっしゃられるのならば」

伊藤は山口の表情に覚悟を見てとった。

たとえ一人でも戦う。劣勢であるからこそ、人一倍の闘志を燃やす。危険だからと尻込みせず、可能性があるなら信じて突きすすむ。

それが、自分たちの上司である猛将山口多聞なのである。

「喜んでお供いたします。地獄までも、どこまでも」

「見せてやりましょう。我々の力を」

「行きましょう。このまま待つことなどできません」

伊藤に皆が続いた。

「よし。発艦だ！」

「急げ！」

「艦首を風に立てよ！」

二航戦の空母『飛龍』『蒼龍』は風上に向かって突進した。

日本空母に独特の下向きに湾曲した煙突から、排煙が轟々と湧きだす。

海面を焦がし、飛沫を気化させる。

それは、たしかな反撃の狼煙《のろし》だった。

艦首にあがる白波が高まり、マストに掲げられた少将旗がちぎれんばかりにはためく。

「発艦よし」の手旗信号があがり、艦戦、艦爆、艦攻の順で艦載機が勇躍、飛行甲板を蹴って蒼空へと飛びたつ。

二航戦は単独で反撃を開始した。

三種類のエンジン音が飛行甲板上から海上へ、そして蒼空へと移っていく。

隊列を組んで進撃する艦載機隊からは戸惑ったり、躊躇《ちゅうちょ》したりする様子はまったく感じられなかった。

一糸乱れず進撃する様は、各パイロットが「目にもの見せてやる」と腕をさすっているような印象すら感じさせた。

事実、攻撃隊として送りだされたパイロットたちは、意気軒昂に操縦桿を握っていた。

後方で待機を命じられている間に悶々としていた感情が、堰《せき》を切ったように解きはなたれたと言える。

日ごろ鍛えた渾身の技量を飾る晴れ戦《いくさ》とはこのことだとばかりに、爛々とした眼光を放っていたのである。

全員が勝利を信じていた。正面を見据えるまっすぐな視線には、熱気がこもっていた。

だがそれは、戦闘海域上空に達してすぐに一変した。

「あれは……」

「まさか……」

パイロットたちの口を衝いて出たのは、一様に信じがたいという言葉ばかりだった。

味方の戦艦部隊が、洋上をのたうっていた。

呉や横須賀といった軍港で「この世は我が世、この海は我が海」といった様子で、巨体を悠々と浮かべていた姿はそこにはなかった。

あったのは、苦しげに艦体を傾斜させたり、大量の泡を出したりしながら、首や尻を海中に沈める末期的な姿だったのである。


「信じられん」

空母『飛龍』戦闘機隊の一員として出撃してきた藤見蓮司飛行兵曹長も、眼下の惨状につぶやいた。


普段、飛行科の者たちと砲術科の者たちとは、仲がいいとはとても言えない。

砲術科の者たちは飛行機のことを蚊トンボと蔑《さげす》んでいたし、飛行科の者たちは「鉄砲屋など旧時代の遺物」「崩壊寸前の石像」などと揶揄《やゆ》していたのである。

だから、砲術科の者たちが「アメリカ相手に砲戦をすれば必ず勝てる」「完勝してみせる」と言っても、「できてから言え」とか「ほら吹きもそこそこにしろ」とか、まともに取りあわなかった。

だが、それは売り言葉に買い言葉、組織対立からの過剰反応みたいなものであり、「同じ土俵にあがれば勝つだろう。勝ってくれるだろう」というのが本心だった。

それが崩れた。

やはり敵は手強い。

アメリカ太平洋艦隊は世界最大、最強の敵であるということを、あらためて思いしらされる光景だった。

上空から艦型を識別するのは難しいが、主砲塔の配置からみて、正面で横転しつつあるのは扶桑型、あるいは伊勢型の戦艦で、その左でのけぞるようにして沈もうとしているのは長門型戦艦かもしれない。

そのほかの戦艦も、激しく炎にあぶられたり、黒煙を吹きあげたりしている。

駆逐艦や巡洋艦らしい中小型艦は洋上を激しく動きながら交戦しているようだが、これも味方が優勢とはけっして見えない。

出撃にあたって、パイロットのほとんどは味方が劣勢であるということを知らされていなかった。せいぜい「援護」や「残敵掃討」程度に思っていた戦いは、ここで「水上部隊の弔い合戦」に変わったのである。

「ちっきしょうが」

やりきれない思いが、自然と口を衝いて出た。

これまで日常的にいがみあってきた相手とはいえ、戦場に出れば味方であることに違いはない。

敵にやられている姿を見過ごすことなど、できるはずがなかった。

総隊長機から「全機突撃せよ」を意味するト連送が発信された。

（普段やりあう相手がいなくなるってのも、つまらないからな！）

小隊長の菊田多加志少尉に続いて、藤見は高度を上げた。

藤見は小隊二番機を務めている。三番機竹木太八一等飛行兵とともに、小隊長機を援護する役割を担っていた。

小隊としての任務は、急降下爆撃を実行する九九式艦上爆撃機の護衛である。艦爆隊を目標の直上まで安全に上げるのが仕事となる。

九九艦爆は一昨年に制式化された日本海軍初の単葉の艦爆だ。

固定脚が残る点は艦上機発展の過渡期を思わせるが、速力の向上は著しく、扇形をした大面積の主翼は操縦安定性と外見上の特徴をもたらしている。

藤見機に限らず、二航戦の戦闘機隊はすべて昨年制式化されたばかりの零式艦上戦闘機に転換されている。

それまであてがわれていた九六式艦上戦闘機に比べて、速度、武装、航続力が格段に進歩した新鋭機だ。

まだ機数は限られているが、空母戦闘機隊に優先的にまわされて今回の出撃に至っている。

（この機体ならば、かなりの域までいけるはずだ）

藤見には、零戦に対する特別な思い入れと期待があって当然だった。

藤見は『飛龍』戦闘機隊に転属となる前、航空本部付の試験パイロットとして零戦の前身となる一二試艦上戦闘機を試験的に飛ばして評価している。

そこで良好と下した評価があって初めて、一二試艦戦は海軍に採用され零戦として日の目を見ることになった。つまり、藤見は零戦の生みの親の一人と言える。

その自分が、量産化された機体に乗って実戦の場に臨むというのは、これ以上ない責任の取り方だと藤見は思っていた。

これで無様な結果に終わったら、重大な過失。よかったら……褒美もなにもないだろう。

そこで、苦笑する藤見の表情が瞬間的に引き締まった。

二重の瞼がぴんと伸び、すらりとした顔立ちが臨戦態勢となって張りつめる。

（ようやく、いたか！）

藤見は前方でかすかに閃いた反射光を見逃さなかった。

敵機だ。すかさず翼を振って、味方に敵機出現を知らせる。

幸いにも敵の直衛は薄い。せいぜい、弾着観測機を追いはらう程度に出ていたものと思われ、本格的な空襲を想定しての配置ではない。

自分たちの艦隊もそうだが、敵も艦載機や空母は戦艦の補助としかみなしておらず、副次的任務を与える程度にしか考えていない証拠だと思われる。

そこで一個小隊零戦三機が藤見の小隊を追いこした。そのうちの二番機は、わざとらしく藤見の至近を通過し、あえて面前を横ぎった。

挑発するかのようにというよりも、明らかな挑発だった。

（あいつ）

誰かはすぐにわかった。大きめの顔に太い眉、現代的な藤見と好対照の古武士的な風貌が瞼の裏に映った。

藤見を必要以上にライバル視する戸川耕吉飛行兵曹長だ。下士官パイロットの養成コースである飛行予科練習生の同期であり、腕も達者と厄介な存在だった。

「お先に」という嫌らしい笑みさえ見えたような気がした。

「慌てることはない」

無線のレシーバーから雑音混じりに菊田の声が聞こえた。

「我々の任務は艦爆隊の護衛だ。焦って敵機に食いつくことはない」

「たしかにそうだ」と藤見は気を落ちつかせた。

熱くなりすぎては我を忘れる。我を忘れれば、適切な行動ができなくなる。その先にあるのは、任務失敗という失態である。

護衛を任務とするならば、敵戦闘機を護衛対象の艦爆隊に近づけないようにすることが肝要だ。

そのためには、つかず離れずの位置を保って、敵戦闘機の行動を妨害することを優先するべき。

藤見は基本を再確認した。

「それに」

菊田が予言したかのように、第二、第三の敵機が現れる。戸川の小隊が早速交戦に入るが、当然、何機も同時に止められるはずがない。

「来るぞ！」

菊田の声に藤見は身構えた。

菊田機は動かない。

敵機に向かって突進したほうが、よほど気持ちは楽だったろうが菊田は忍の一字で基本に忠実にいこうとしている。小隊二番機として菊田を支える藤見も、思いを同じにせねばならない。

（やはりグラマンか）

いよいよ交戦というところで、敵の正体が判明した。

細身の零戦とは真逆の、太く短い胴体に中翼式の主翼を組みあわせた機は、アメリカ海軍の主力艦上戦闘機グラマンF４Fワイルドキャットだ。

その一個小隊二機が、前上方から飛びかかるようにして襲ってくる。

「続け！」

「了解！」

「了解！」

菊田の声に藤見と竹木はすかさず反応した。

操縦桿を引きぎみにしてスロットルを開く。

艦爆隊の前に立ちはだかり、敵機の接近を阻止しようという動きである。

九九艦爆は複座、すなわち定員二名で、後部座席の偵察員は後ろ向きに着座している。

追い越しざまに、その一人と目が合ったような気がした。不安で表情がこわばっているように見えた。初陣の若年パイロットかもしれない。

（心配するな。俺たちが追いはらってやるよ）

心中で声をかけつつ、藤見は正面を見据えた。

濃紺のネイビー・ブルーで塗装されたＦ４Ｆの機影が拡大してくる。

（始まった）

隊長機どうしの発砲は、ほぼ同時だった。

橙色の曳痕が蒼空を貫いて交錯する。

命中弾はない。

二機の隊長機は緩やかな旋回をかけて、互いの銃撃をかわした。

そこで、藤見の出番となる。

横腹を覗かせる敵隊長機に、必殺の二〇ミリ弾を叩き込む。

藤見の脳裏では、主翼を叩きおられ、あるいは尾翼を吹きとばされたＦ４Ｆがバランスを崩して墜落していたのだが……。

「しまったあ！」

藤見は思わず叫んだ。

思惑とは裏腹に、藤見の銃撃も空を切って終わった。敵の降下加速度が思いのほかついていたため、見越しを誤ったのである。

当たれば大ダメージ必至の太い火箭《かせん》は、敵隊長機背後の虚空に吸い込まれて消えた。初速が遅くて低伸性がないのが、災いしたのかもしれない。

弾道修正をしようにも間にあわない。相対速度は時速一〇〇〇キロメートルを超える高速で、射撃の機会はほんの一瞬にすぎない。

Ｐ＆Ｗ・Ｒ‐１８００‐36ツインワスプ空冷エンジンの回転音は両耳を圧迫し、風を巻いて敵隊長機が頭上を横ぎる。

敵二番機も猛速で続いてくる。

樽のように太い胴体とファストバック式のコクピットが、はっきりと見えた。

それに銃撃する余裕はない。向こうの銃撃をかわすのに精一杯だ。

フットバーを踏み込み、機首をひねって針路を変える。

背後で銃撃音が聞こえた。

竹木が敵二番機を銃撃したようだが、そこまでだ。風を不規則に裂く異常な音も爆発音もない。銃撃は空振りに終わったらしい。

「戻るぞ！」

休んでいる暇はない。

敵の第二撃に備えて、すぐに艦爆隊のそばに引きかえさねばならない。

菊田機に続いて藤見は機体を翻した。主翼を半回転させつつ、機体をのけぞらせる。背面飛行に移って反転する。

そこで、眼下に交戦したF４F二機が見えた。

やはり再攻撃をかけるつもりのようだが、ようやく旋回しかけたところである。

どうやら、運動性能は零戦が優っているらしい。

（やらせるかよ！）

今度は上下が逆となる。下から上がってこようとする敵に対して、藤見らが見おろしながら迎えうつ格好だ。

撃ちおろしと撃ちあげ……戦いの基本からすれば、藤見らが有利だ。それをふまえてか、今度は、敵は機銃を乱射しながら追ってきた。

F４Fの主翼前縁が橙色に染まっている。

「下手な鉄砲も数撃ちゃ当たるというからな」

やぶれかぶれの射撃だと甘く見ていると、痛い目に遭いかねない。

自分たちが銃撃をかわしたとしても、流れ弾でもなんでも、それが艦爆隊に命中しては任務失敗である。

「藤見、竹木、行くぞ！」

菊田機が前に出た。

より遠くで敵を迎撃して、艦爆隊に近寄らせまいとする判断に違いない。

敵は小刻みに機体を左右に振りながら上がってくる。

こちらに的を絞らせにくくし、また隙を見て自分たちを突破して、艦爆隊を攻撃しようという狙いからだと思われる。

「む」

菊田との呼吸が合わず、若干藤見の機が遅れた。慌てて追いつきたくなるところだが、藤見はそこで閃いた。

菊田機の斜め後ろにいた機位を修正する。

菊田機が発砲した。

二種類のエンジン音が交錯し、火箭が絡みあう。今回も隊長機どうしの銃撃は命中なしに終わった。

敵隊長機が菊田機とすれ違う。

「そこだ！」

藤見は瞬間的に機体を滑らせて、スロットルに併設された機銃の発射把柄《レバー》を握った。

反動でぶれる照準環の中心には、敵隊長機の姿が二重三重ながらもはっきりと捉えられていた。

その中心に向かって、両翼から一条ずつの火箭が噴きのびる。口径二〇ミリの太い火箭は、見事に敵隊長機に突きささった。

下向きの射撃だったため、弾道がおじぎすることもなく、二〇ミリ弾は敵隊長機の顔面を完璧に撃ちぬいた。

高速回転していたプロペラが破片を撒きちらしながら跳ねとび、エンジンカウリングに複数の大穴が穿《うが》たれた。

送油管が引きちぎられ、シリンダーやピストンが撃砕される。どす黒いオイルが吹きだし、風防ガラスにへばりつく。

まるで覆面でもかぶせられたような格好で、敵隊長機はうなだれるように墜落した。

怯んだ敵二番機に対しては竹木が銃撃する。

こちらは撃墜には至らないが、敵二番機は這々《ほうほう》の体《てい》で逃げだした。

藤見らの小隊は、敵戦闘機一個小隊を覆滅することはできなかったが、攻撃を断念させて艦爆隊を守りぬいたのである。

（よおし！）

さらに一機、ふらふらと飛んでいるＦ４Ｆが目に入る。相棒を撃墜されたか、はぐれたかして単機でいるようだ。

「もう一機いくぞ」

「了解！」

無線をとおした菊田の声に藤見は即答した。

菊田機が左から接敵するのを見て、機を誘導する。

（よし、そうだ。そのまま来い）

敵機は右に右にと流れてくる。それを横目で追いながら、藤見は機を修正する。

栄一二型空冷エンジンは快調にまわっており、涙滴型コクピットがもたらす視界も相変わらず良好だ。

「そうだ。よし！」

頃合いを見て、藤見は敵機の前に躍りでた。敵を挟み込むようにして機を操っていた。

「飛んで火に入るとは、このことだな」

敵機は慌てて急旋回をかける。ぎょっとした敵パイロットの顔が、目に浮かぶようだった。

左の水平旋回をかける敵機を追う。そのまま左へ左へと旋回する敵機に対して、藤見も左旋回で応じた。

Ｆ４Ｆと比較して運動性能は零戦に分がある。渦の中心に先まわりするような格好で、徐々に敵との距離が縮んでくる。

照準環から外れていた敵機が端にかかり、さらにじわじわと中心に寄ってくる。

藤見はスロットル・レバーに併設されたスイッチで、機銃を切り替えた。

藤見らの零戦は現在二一型と呼ばれるものだが、両翼に二〇ミリ、機首に七・七ミリと二種類の機銃を装備している。

ここは直進安定性の高い七・七ミリ機銃のほうが有利と、藤見は判断したのだった。

「そこまでだ」

いよいよというところで、発射把柄にかけた藤見の手の動きが止まった。

照準環の中心に捉えていたはずの敵機が、小突かれるように揺れて姿を消したのである。

なにが起きたのかは明らかだ。

それを引きおこした元凶が、銃撃の軌跡を追って現れる。

単発で低翼単葉、明灰白色に塗装されたスマートな機体は、紛れもなく零戦だった。

そして……。

「戸川あ！」

藤見は両目を跳ねあげた。

機首に描かれたピンクのしるしが目印だった。出身地福島の特産品である桃を描いたものだ。およそ戦場とはかけ離れたもので、藤見らを茶化しているようにしか思えなかった。

同期のライバル、戸川耕吉飛行兵曹長機である。

藤見が撃墜まであと一歩と追いつめていた敵機を、戸川が横合いからの一連射でかっさらうようにして撃墜した。

たしかに、戦場では優先権も順番もあるはずはないのだが、あまりに故意で悪質な行動には辟易《へきえき》させられる。

自分のほうが腕利きであると藤見に見せつけよ

うという、戸川の行為だった。

「ちっ。せっかくの見せ物だったのによ」

鮮やかなビクトリー・ロールを決める戸川機を、藤見は苦々しく見送った。

しかし、そこでできたわずかな隙を敵は衝いてきた。

「！」

かすかに日光が遮られたかの感覚に、藤見は咄嗟に操縦桿を左に倒した。

右の主翼が跳ねあがり、機体がロールする。

銃撃音が伝わり、真っ赤な火箭が翼端をかすめて、上から下に突きぬける。

一瞬でも反応が遅れていたら、藤見の零戦は多数の銃弾を食らって空中分解していたかもしれない。あるいは、その前に風防ガラスを突きぬけた銃弾で、自分自身が絶命していたかもしれない。

また、逆に敵が下から突きあげてきていたら、影もない敵に気づくことなく落とされていた可能性も高い。

その影たる敵機が、猛速で降ってくる。

F4Fには違いなかったが、なにか特別な威圧感を覚えさせられた。

「殺し屋」

そんな気もした。

すれ違った瞬間、敵パイロットの顔が見えたような気もする。

ぞっとするような嫌悪感を覚えた。蜘蛛のタトゥーが入っていることまでは認識できなかったが、おぞましい雰囲気は感じとれた。

尾翼が漆黒に塗ってあるのも見えた。喪章のつもりだろうか。

「縁起でもねえ」

小隊は今の一撃でばらばらにされたが、藤見は果敢に追撃を試みた。

急降下で離脱するＦ４Ｆを追う。

大胆にも、Ｆ４Ｆは反転して応じてきた。

「いい度胸だ。ただ、相討ちはご免でね」

藤見は正面からの撃ちあいを避け、背後にまわろうと試みた。

降下する機体をひねって水平飛行に移る。

敵が上昇を続けていることを確認して、機首を振りあげる。いっきに距離を詰めようとするが、銃撃に入る前に敵は反転降下に転じた。

（おかしい）

それを二度繰りかえしたところで、藤見は疑問を抱いた。

零戦とＦ４Ｆでは、格闘戦は断然零戦が有利だと思っていたが、敵の尻尾はなかなかつかめない。

太い胴体の真後ろについて銃弾を叩き込むつもりが、その背中にすらなかなか手が届かない。

（あれか）

急降下する敵機を横目に、藤見はその理由を悟った。

同じ格闘戦とはいっても、水平方向のものと垂直方向のものとの差が生じているのだ。

Ｆ４Ｆは機体が頑丈にできていて、急降下性能は零戦をしのぐようだ。敵はそれを生かして、格闘戦の不利を補っていた。

水平方向の格闘戦では零戦の優位は絶対的だが、垂直方向の格闘戦ではその差が圧縮される。藤見は知らぬうちに、敵が有利な土俵に引きずり込まれていた。

（もしや手練《てだ》れか！）

そう思ったとき、銃撃音とほぼ同時に、なんと戸川の声が飛び込んだ。

「死にたくなければ、動かんと」

操縦桿をとおして振動が伝わった。鋭い火箭が右から左に突きぬけ、その直後にＦ４Ｆと零戦が轟音を残して通過する。

（二番機か）

敵二番機の存在を忘れていたつもりはなかったが、意識の片隅に取りのこしてしまっていたのは事実である。

敵の火箭が弓なりにしなったのは、戸川の妨害があってのことだ。

何発か直撃を食らったが、敵の火箭はそこで逸れていき、幸い致命傷はもらわないですんだ。

なにもなければ、そのまま撃墜されていた可能性が高く、戸川のおかげで藤見は命拾いしたと言える。

だが、それで終わりではなかった。

新たな銃撃音が足元から響く。敵一番機だった。

「このお！」

機体を横倒しにして、藤見はその銃撃をかわした。頭上から射していた日光が、今度は左の頬を照らす。

低伸性のいいブローニング一二・七ミリ弾は、藤見機の腹の先を下から上に突きぬけた。

「なめるな！」

藤見は態勢を立てなおして操縦桿を引きつけた。上昇に転じて、敵一番機を追うつもりだった。

「深追いはやめるんだ、藤見」

今度は菊田の声だった。近距離無線での指示に続いて、機体そのものを寄せてくる。

敵はそのまま上昇して、戻ってくることはなかった。Ｆ４Ｆの機影は急速に小さくなり、蒼空のなかに消えていく。

空戦は、そこで終わりを告げた。

菊田が下を指さしているのが見えた。眼下では艦爆隊と艦攻隊の攻撃が始まっていた。

一機、また一機と九九式艦上爆撃機が直上から逆落としに二五番――二五〇キログラム爆弾を叩きつけ、九七式艦上攻撃機は航空魚雷を叩き込むべく、左右から敵艦を挟み込む。

右に左に蛇行する敵艦が水柱に囲まれ、ときおり命中の閃光が海上に弾ける。

藤見らは艦爆隊の護衛という任務をしっかりと果たしたのである。

しかし、それは直衛機の数が少ないなど、敵の準備不足に助けられた面も否めない。

また、なにより敵がただ逃げまどう弱敵だけではないと知ったことは、大きな教訓だった。

戸川が操縦する零戦が、わざとらしく藤見の前を行き来した。

いつもならばやり返すところだが、今の藤見には、ばつが悪そうにそれを見送ることしかできなかった。

第二航空戦隊司令官山口多聞少将は、次々と発艦していく艦載機に目を細めていた。

「敵戦艦一隻撃沈、三隻撃破」との二航戦攻撃隊長からの報告は、艦隊全体を包む重い空気を払拭して、勇気を与えるものだった。

二航戦単独での空襲敢行は大きな賭けだったものの、山口は見事、その賭けに勝ったのである。

また、この戦果は航空界にとっても非常に大きなものだった。

航空機、しかも単発で小型の艦載機が、洋上行動中の戦艦を撃沈するという、史上初めての快挙をなし遂げたのである。

これは「航空機がいかに進歩しようとも、分厚い装甲をまとった何十倍もの大きさの戦艦を沈めることなど夢物語」という大艦巨砲主義者たちの「定説」を打ちくだき、「伸長著しい航空機は、近い将来に海戦の主役になる。制海権の争いは、もはや艦隊決戦ではなく、空襲の成否によって決する。制空権なくして制海権なしというのが、今後の常識となるのだ」という、航空主兵主義者の主張を裏づける戦果にもなったのである。

もちろん、この一戦で航空機と戦艦のどちらが強いか、戦艦はもはや無用の長物となるのか、の論争に決着がつくとは山口も思っていない。

この戦訓を受けて、艦隊防空の意識も変わるだろうから、そうそう同じような戦果を毎回得られると考えるのは安易すぎる。

ただ、二航戦の行動が世界の海戦史に一石を投じたことはたしかだった。

山口の決断は、けっして蛮勇や自暴自棄のものではなく、歴史を変える一手になったと言っていい。

それを受けて、空母『赤城』『加賀』からなる第一航空戦隊と、空母『翔鶴』『瑞鶴』からなる第五航空戦隊も、戦爆雷連合の攻撃隊を続々と出撃させた。

海面上から非常に高い位置にある『赤城』の飛行甲板を蹴って、九九式艦上爆撃機が海面上に飛びだせば、機能的にまとめられた新鋭空母『翔鶴』『瑞鶴』の低く長く見える飛行甲板からは、九七式艦上攻撃機が滑りだす。

大規模な艦隊へ向けての空襲はもちろん、一〇〇機レベルの艦載機を集中させた空襲も初めてのことだったが、艦載機の空襲が戦艦相手にも有効なことは、すでに二航戦が証明していた。

戦果の拡大は期待大だ。

(長官が本当にやりたかったのは、こうした戦いだったはずだ)

山口の胸中に、連合艦隊司令長官山本五十六大将が残した言葉が甦った。

「これからは航空の時代になる。海軍の主力は航空機が担うこととなり、戦艦の出番はなくなる」

山本はそう言って、海戦様式の変革を予言していた。

だが、その発想はあまりに時代を先取りしすぎていたため、周囲の賛同を得ることはできなかった。

空母『赤城』艦長、航空本部技術部長、航空本部長など航空畑の要職を歴任し、日本海軍の航空分野の発展に貢献してきた山本だったが、連合艦隊司令長官に就任した今、戦艦『長門』に座乗して敵艦隊に砲戦を挑むという、自身の思いとは裏腹の行動を強いられていた。

連合艦隊司令部との通信が途絶えている今、山本の思いは知る由もないが、山本が提唱しながら実現できなかった、空母を集中しての艦載機の大量投射は、偶然にも後方待機した現況で実現の運びとなった。

運命の皮肉とは、このことだろう。

（この海戦を終えれば、我が軍も劇的に変わる。喪失艦を差しひいてという悪い意味ではなく、戦力構想の転換と艦隊再編が確実という、よい意味でのことである。そのときこそ、山本長官が真に辣腕《らつわん》をふるうことだろう）

山口は山本の生還を信じた。

いや、信じたかった。

砲戦開始当初に敵に見えていた混乱が、すっかりそのまま自分たちに跳ねかえってきたようなものだった。

「とんだしっぺ返しを食らったものだな」

アメリカ太平洋艦隊司令長官ハズバンド・キンメル大将は、思いもよらぬ邪魔が入ったことに渋面を見せた。

キンメルたち太平洋艦隊司令部は、入念な計画をもって日本艦隊との決戦にあたってきた。

計画はあらゆる方面から検討され、幾度も練りなおされた。

投入する戦力と予想される敵戦力、会敵するべき時間と場所、さらには天候と外交的影響なども含めてシミュレーションと分析を繰りかえし、最適と思われる作戦を導いた。

その結果として実行された砲戦前の潜水艦隊による奇襲は、予想以上の成果をもたらした。

戦艦を含む敵艦一〇隻弱を撃沈破するだけでなく、敵の主力たる戦艦群の足並みを完全に乱し、そこにキンメルが率いる太平洋艦隊の主力――戦艦総勢一二隻が突入した。

形勢有利は明らかで、整然とした単縦陣を組んだ旗艦『ペンシルヴェニア』以下の戦艦群は、宿敵日本戦艦の各個撃破にかかった。

そこで敵旗艦が単艦で挑んでくるという驚くべき展開もあったが、キンメルは初志貫徹でそれに執着することなく、敵戦艦を一隻、また一隻と撃沈していった。

敵戦艦のほぼすべてを撃沈した。宿敵日本艦隊を一日にして消滅に追い込んだ――そのような大勝利を予感したキンメルだったが、そこに思わぬ伏兵が現れた。

敵の艦載機である。

もちろん、艦載機による空襲は想定外のことではなかった。

欧州海域ではイギリス空母の艦載機が、ドイツやイタリアの艦隊に空襲をかけることは珍しくなかったし、日本海軍も中国戦線で艦載機を実戦投入したとの報告も寄せられていた。

しかし、その危険性の指摘をキンメルは歯牙《しが》にもかけなかった。

ちっぽけな航空機にできることなど、たかが知れている。そんな弱々しいものが分厚い装甲を持つ戦艦に空襲をかけようとも、せいぜいかすり傷を負わせるのが関の山だ。

それどころか、激烈な対空砲火にひとひねりされるか、泡を食って逃げだすかのどちらかで終わる可能性も高いだろう。

現にイギリス空母の艦載機にしても、航行中の戦艦を撃沈した例は、いまだかつてない。

大艦巨砲主義に凝りかたまったキンメルの思考は、その程度だった。近年の航空分野の飛躍的発展を、キンメルは理解していなかった。

その結果が、ここにある。

大勝利を手中にしかけていたはずのキンメル率いる艦隊は、洋上でばらばらになっていた。

艦と艦の距離や向きもばらばらで、統制がとれているとはとても言えない。まさに、蹴散らされたという表現が相応しい状況だった。

敵の艦載機とそのパイロットは、キンメルが想像だにしていなかったほど俊敏で勇敢だった。

キンメルがたやすく一掃できると考えていた対空砲火は、期待をはなはだしく裏切った。

各砲員が必死の形相で砲銃身を振りあげ、右に左にと射弾をばらまいても、それらはことごとく虚空を騒がせるだけに終わった。

敵艦載機は怯む様子も見せず、それらの対空砲火を悠々とかいくぐって突進してきた。

航空エンジンがひとつ、またひとつと吼えるたびに、黒光りする航空爆弾が降りそそぎ、あるいは置き土産に放たれた航空魚雷が海面を切り裂いて舷側に迫った。

キンメルらをさらに驚かせたのは、自軍の艦載機に比べて、敵艦載機がはるかに低い高度で、あるいははるかに近い距離で、爆弾や魚雷を放つことだった。

そうした腰がひけたものではない、必中を期した踏み込んでの急降下爆撃と雷撃が無為に終わるはずがない。

被弾のたびに血飛沫のごとく火の粉を散らしながら艦上構造物が崩れ、被雷のたびに水線下に大穴が穿《うが》たれ、白濁した水柱が舷側をこすりながら天に向かって突きのびた。

特に被害が大きかったのが、キンメルが座乗する『ペンシルヴェニア』の姉妹艦『アリゾナ』だ。片舷にまとめて被雷した『アリゾナ』は、すでに横転して沈みかけている。

ほかにもネヴァダ級戦艦の一、二番艦『ネヴァダ』『オクラホマ』の火災が酷く、コロラド級戦艦の三番艦『ウェスト・ヴァージニア』が被雷による浸水で傾斜が進んでいるが、これらはいずれも被害の拡大は食いとめ、鎮火、傾斜復元の見込みとの報告が入っている。

これ以上の作戦継続は無理でも、失うことなくパールハーバーへ戻すことはできそうだった。

そうなれば自分たちの勝利は確実だと、キンメルは気を取りなおした。

これまでの砲戦で、自分たちはナガト・タイプの二隻とイセ・タイプの二隻に加え、艦型不詳ながら、そのほか三隻計七隻の敵戦艦を撃沈したと見ている。

それに対して失った戦艦は、先に砲戦で沈められた二隻を合わせても、たかだか三隻にすぎない。

数の上でも半数である以上に、自分たちは敵に二隻しかない一六インチ砲搭載戦艦であるナガト・タイプをともに沈めることに成功した。これはその数以上の価値があるとともに、敵に与える精神的打撃はそれ以上であるはずだ。

艦載機の空襲という奇策に、やや慌てさせられたことは事実だが、結果的にはそう大騒ぎするものではなかったと、キンメルはこの後のことを考えはじめた。

（艦隊全体はパールハーバーに戻らずに、マーシャル諸島攻略作戦を実行する。マーシャルの橋頭堡を築きつつ、小中破程度の損傷艦はそこで工作艦を呼んで修理させる。

日本まで太平洋を突きすすむ一連の作戦は、そうして立ちどまることなく進めていく。私のトーキョー・ロードは誰にも止めさせせぬ）

キンメルは目の前のことが見えていなかった。描く未来は期待や希望にすぎず、キンメルにはその前にやらねばならない課題があった。

海戦は、まだ終わっていなかった。


「敵です。敵機来襲！」

「提督！」

参謀長リチャード・エドワーズ少将が引きつった表情で振りかえり、キンメルははっとして顔をあげた。

キンメルらアメリカ太平洋艦隊司令部は、先の空襲が最初で最後のものだと、いつのまにか決めつけていたが、そこにはなんら根拠がなかった。

それは勝手な思い込みで間違いだったのである。

たしかに、先の戦果に気をよくした敵が、再攻撃や反復攻撃を行おうとするのは、当然といえば当然の流れだった。

敵はそれを実行可能なだけの有力な艦載航空隊を準備してきたというのか……。

（多いな）

一見して、それはわかった。

先の空襲は推定六〇機から七〇機によるものと思われたが、今度はその倍ではきかないだろう。となれば一〇〇機どころか、下手をすれば二〇〇機ほどの大編隊が来たというのか。

たしかに、ざっと見た限りでは「空を埋めつくす」という表現が相応しいように見える。

（こんなことなら、ハルゼーの言うとおりにしておけばよかったな）

キンメルは第一航空戦隊の空母『エンタープライズ』『ヨークタウン』を率いるウィリアム・ハルゼー中将の意見を思いだした。

ハルゼーはアナポリスの同期で、悪友というべき男である。顔はお世辞にもスマートとはいえず、言葉づかいも汚い。短絡的かつ直情的で、海軍高官からすれば眉をひそめる場面も多いが、兵たちの人気は高い男だった。

大艦巨砲主義を信奉するキンメルとは正反対の航空主兵主義者でもある。

キンメルとは上司と部下という立場だったが、そうした性格的問題も絡んで、敬語などいっさいなしの遠慮のない言葉をぶつけてくる。

そのハルゼーが、艦隊ごとに分散している空母を集中すべきだと出撃前にしつこいほど具申してきていた。

キンメルは「空母は脆弱《ぜいじゃく》な艦であって、集中配置しているところに攻撃を受ければ全滅するリスクがあること」「その護衛に巡洋艦や駆逐艦を割いて配備することは、水上戦闘の妨げになること」などの理由をあげて、ハルゼーの意見を退けたが、心の奥底では航空主兵主義者であるハルゼーの身勝手な意見にすぎないと、まともに検討するつもりもなく、聞く耳すら持っていなかったというのが本音だった。

ハルゼーは「きっと後悔するぞ」との捨て台詞すら残してしぶしぶ退散していったのだが、今思えばあながち間違った考えでもなかった。

キンメルは今の段階になっても、「航空機の力が戦艦を上まわる」「海戦の雌雄を決するのは戦艦の砲撃力ではなく、空母艦載機による空襲の成否である」と認めるつもりはなかったが、防空といった点では空母を集中していたほうが、迅速かつ適切な対処が可能だったかもしれない。

当然、敵の空襲にあたって、キンメルは各航空戦隊に防空戦闘機の発艦を命じたが、結局、数的にも時間的にも満足する対応はとれなかった。

（今さらどうこう考えても仕方がない）

キンメルはあらためて現実を直視した。

再度、砲撃開始の命令を下すまでもない。艦隊は戦闘配置のままであり、応戦は始まっている。

各艦の高角砲が炎を吐きだし、上空に黒褐色の花を咲かせていく。

しかし、それはいかにも散発的で、絡めとられる敵機はほとんどない。

敵機は余裕をもって攻撃態勢に入る。

勢いよく回転するプロペラが爆煙を切り裂き、轟々と共鳴するエンジン音が砲声をかき消していく。

「駄目だ」

キンメルは顔を歪《ゆが》めてつぶやいた。

敵機は、すでに損傷している『ウェスト・ヴァージニア』らに向かっている。たしかに手負いとなって動きの鈍った艦は、格好の目標に見えただろう。

非情かもしれないが、傷ついているものを確実に潰すというのは戦術選択として完全に正しい。

上空で太陽光が反射するたびに小型の固定脚機が、一機また一機と逆落としに突っ込み、航空爆弾を叩きつけていく。

『ネヴァダ』と『オクラホマ』の艦上に爆弾炸裂の閃光が弾け、ようやく鎮火しかけていた火災が、再び勢いを得て猛威をふるう。

甲板上を炎が舐め、残っていた主砲塔や主錨の巻きあげ機などをあぶっていくが、それは目に見える一部にすぎない。

艦内に広がる炎は、ありとあらゆるものを飲み込み、逃げおくれた乗組員は生きながら焼かれていく。

不完全燃焼となった炎は一酸化炭素をまき散らし、それを吸った乗組員が呼吸不全でばたばたと倒れていく。

艦内に充満するにとどまらない有毒な煙は、艦外に這いだして褐色の帯を曳《ひ》いていく。

一方、『ウェスト・ヴァージニア』には引導を渡そうとする魚雷が一本、二本と突きささる。

轟音とともに舷側の装甲が引き裂かれ、海水が奔流と化して艦内になだれ込む。

応急措置で閉じられた隔壁が衝撃でこじ開けられ、浸水の圧力に耐えかねて破綻していく。

揺さぶられた海水は垂直方向にも吹きあがり、天に向かって高々と立ちのぼる。

崩落する水塊が甲板や主砲塔を叩き、穿たれた破孔から艦内に浸入していく。

回復しかけていた傾斜は呆気なく元に戻されるばかりか、さらに勢いをつけて増していく。

これらの艦に、重なる被弾や被雷に耐える余力などあるはずもない。それらが海中に引きずり込まれていく様子を、キンメルはただ手をこまねいて見送ることしかできなかった。

そして、キンメルが将旗を掲げる『ペンシルヴェニア』もまた、無傷ですむはずがなかった。

「ハード・アポート（取舵一杯）！」

艦長チャールス・クック大佐の指示で艦が回避行動に移る。

迫ってくる敵雷撃機に対し艦首を向け、対向面積を最小化しようという動きである。

舵の利きは鈍いが、基準排水量三万三一〇〇トンの艦体は懸命に海面を切りわけて姿勢を変えようとする。

対空砲と機銃が応戦するが、戦艦どうしの砲戦で半数以上が破壊されているため、発砲頻度は貧弱で、弾幕はいかにも薄い。

撃墜は期待できそうにない。

事実、敵機はそれを気にする様子もなく突進してくる。

機数は一個小隊三機で、魚雷はまだ離さない。ぎりぎりまで粘って必中を期すつもりなのだろう。少なくとも、経験の浅い若年パイロットではなさそうだ。

（よし……よし！）

舵が利きはじめたところで、クックは拳を握りしめた。

このまま直進したところに被雷して終わるのかとも思いかけたところで、『ペンシルヴェニア』はなんとかクックらの期待に応えた。


「必中を狙うつもりも、あてが外れたな」

迫ってくる敵雷撃機のパイロットに向けて、クックはつぶやいた。

射点を外された敵は修正する間もなく、苦しまぎれに魚雷を投下した。ただ、そこで敵機は旋回して離脱することなく、まっしぐらに向かってくる。

「速い！」

これまでの雷撃機のイメージとは明らかに異なる。由々しき敵だという認識を、このときクックもはっきりと持った。

「こざかしい真似をしてくれたな」という敵パイロットの憤怒《ふんぬ》の気配を感じたような気もした。

「機関長、両舷前進全速！」

クックは命じた。

建艦のコンセプトとして、アメリカ戦艦は速力を犠牲にしてでも防御を優先するように設計されている。

カーチス式蒸気タービン四基は最大でも三万二〇〇〇馬力しか出せず、最高速力も二一ノットにとどまる。これは同世代の日本海軍の戦艦に比べて絶対的に劣る。

迫る魚雷と敵雷撃機に対して、野生のバッファローが勇猛に突進すると形容したいところだが、実態はせいぜい威嚇といったところだ。

「来る。来た！」

エンジン音が両耳から飛び込み、機影が視界を切り裂くように横ぎる。

敵雷撃機は機銃の発射音を残しながら、あっという間に艦上を飛びぬけていく。

命中の火花が艦首から艦尾にかけてミシンがけしたように連なっていく。

それが通過した瞬間に乗組員が突っ伏し、あるいは膝から崩れおちるようにして、鮮血を流しながら倒れ込む。

残っていたなけなしの機銃座は、すぐさま沈黙に追い込まれる。

「正面に雷跡！」

遅れて魚雷がやってくる。

海面を切り裂く白い航跡は、水上艦にとっては最大最悪の災いをもたらす悪魔である。

「いけるか。どうだ」

クックもキンメルも、食い入るようにして海面に視線を落とす。

一本は右舷を平行にすり抜けていく。

これは狙いどおり。艦が横腹を向けていたら、被雷して浸水というところだ。

もう一本は、右舷からやや斜めに向かってくる。敵パイロットも、最後の最後まで機位の修正に努めたということだろう。

きわどい。実にきわどい。

魚雷が『ペンシルヴェニア』の舷側に達するのが先か、『ペンシルヴェニア』の艦尾が雷跡からすり抜けるのが先か、目視ではまったく予測がつかなかった。

喉が干あがり、鼓動が高まる。

キンメルはまばたきひとつせずに海面を睨みつけ、クックはにじみ出た汗を顎からしたたらせた。

白い雷跡が艦尾の泡のなかに消えた。

こわばった表情のエドワーズを背に、クックは身構えた。

この位置に被雷すれば艦は重大な損害を被る。推進軸やスクリュー・プロペラが破壊されれば、たとえ主機や缶が無事でも、艦は推進力を失ってしまう。

舵を吹きとばされれば、艦は行動の自由を失うことになる。

だが、『ペンシルヴェニア』は、いったんはこの場をしのいだ。

「雷跡、左舷に抜けました」

見張員の報告にエドワーズは安堵したが、問題はこの後だった。

鈍い衝撃音とともに海水がそそり立った。

被雷の角度が浅かったため衝撃の度合いは大きなものではなかったが、白濁した水柱を形成した海水は、三脚檣上部の射撃指揮所と肩を並べる高さにまで昇っていく。

最後の魚雷一本が、斜めから鋭く『ペンシルヴェニア』に突きささったのである。

(あいつら)

エドワーズは、敵パイロットの執念をそこに見たような気がした。

「速力落とせ！　機関停止」

クックは命じた。

被雷による浸水は免れない。艦が前進を続ければ、舷側に穿たれたであろう破孔から、大量の海水を呼び込むことになりかねない。

「被害報告。急げよ」

「敵艦爆、本艦直上！」

続けて出したクックの指示に、見張員の報告が重なった。

「ハ、ハード・アポート（取舵一杯）！」

クックは命じたが、三万トンを超える大艦がそうそう機敏に動けるはずがない。

しかも、たった今、機関停止を命じたばかりだ。動きの鈍っている『ペンシルヴェニア』は敵艦上爆撃機にとって、格好の目標だった。

蒼白となるクックの先で、キンメルはまた別の思いで上空を仰ぎ見ていた。

（雷撃の成果を見届けて、そこに急降下爆撃の追撃をかけてきたというのか？　敵の航空隊はそれほどの連携攻撃を可能とするというのか？　いや、偶然だ。そうに決まっている）

キンメルはぐるぐると頭を振った。

（とにかくだ。我々は断じて屈しない。こんなところで、つまずいてはおれんのだ！）

しかし、キンメルの思惑とは裏腹に、敵艦爆の攻撃はきわめて正確だった。

甲高いダイブ・ブレーキの音を響かせながら、敵一番機が左舷後方から急降下し、甲板を舐めるようにして右舷へ抜けて上昇していく。

落とせるものなら落としてみろと言わんばかりの、ふてぶてしい機動だった。

ひとつ間違えれば、甲板に激突して即死するようなものだが、操縦を誤ったのではなく、故意にそうしたように感じられる。

自分の腕にかなりの自信がなければできない。

遅れて到達した黒光りする爆弾は、艦中央に命中した。

板張りの上甲板にはたちまち大穴が穿たれ、白煙のなかで引きはがされた板材や木屑が大量にまきあげられた。

二番機の投弾は、射撃指揮所を載せた前部三脚檣の基部に命中した。

頑丈な三脚檣は二五〇キロ爆弾の炸裂にも耐えぬいたが、基部の甲板は破壊されて火災が発生した。

炎は周辺に転がっていた機銃の弾薬箱を取り込んで、瞬間的に拡大した。熱風が司令塔へ押しよせるとともに、炎が三脚檣を激しくあぶり、高熱を帯びた鋼材が次第に赤熱化していく。

そして、三番機が投弾した爆弾は、赤熱化した三脚檣そのものに命中した。

轟音とともに司令塔は激震し、大量の火の粉が舞いあがった。

「Ｓｈｉｔ！」

ほうぼうから飛びだす罵声を耳にしながら、キンメルは離脱していく敵三番機を目で追った。

白い機体と扇形の主翼が、はっきりと見える。

「ヴァル」と呼称をつけた敵の主力艦上爆撃機、九九式艦上爆撃機である。

高らかに響くエンジン音は、「どうだ」という敵パイロットの自慢げな叫びのようだった。

(忌々しいちっぽけな鳥どもが)

炎はますます勢いを増し、熱風が艦上を吹きあれた。

それでも前部三脚檣は倒壊することなく、艦上にそびえ立ったままだったが、破局は徐々に近づいていた。

キンメルは足下から伝わる熱気を感じた。床面が熱を帯びている。炎がそばまで来ているということだ。褐色の煙が、ときおり視界を遮りはじめてもいる。

「艦長、残念だが、この場は放棄したほうがよさそうだ」

「………………」

キンメルの声にクックは唇を噛んだ。硬い表情で言葉が出ない。艦の中枢ともいうべき司令塔を放棄することに、強い抵抗を感じているようだ。

「気にするな。沈むわけではない。本艦はまだ戦える」

「はっ」

だが、キンメルやクックの決断は遅すぎた。

気味の悪いきしみ音が数回続いたと思ったら、頭上から重々しい崩壊音がのしかかり、視界が黒い影で遮られた。

棒状の鋼材そのものが折れることはなかったが、積みかさなった打撃と高熱によって、接合部が限界を迎えて支えきれなくなったのである。

司令塔上部の射撃指揮所が鈍い音を立てて傾き、ついに崩落した。

キンメルは本能的に顔をそむけ、両腕で前をふさいだが、災厄はそんなことで防げるものではなかった。

「まさか。こんなところで」

けたたましい金属音が響き、瞬間的に天井が圧縮される。けたたましい音とともにガラスが一枚残らず砕けちり、破片が容赦なくキンメルらを襲った。

軍装が裂け、肉が切り刻まれて鮮血が飛びかう。塵埃が舞い、視界が霞んだ。

痛い。熱い。そんな感覚は一瞬だけだった。

熱風が吹き込み、炎の塊が襲ってきたような気もしたが、それが現実のものかどうかを確かめることはかなわなかった。

絶叫や怒号を耳にしたような気もしたが、それも本当のものかどうかはわからなかった。

夢想、幻想、そうであれば助かったが、あいにくとこれは現実だった。

次の瞬間、視界は完全に閉ざされ、永久に戻ることはなかった。

前部射撃指揮所の直撃を受けた司令塔は全壊した。轟音を残して大小無数の破片が空中にばらまかれ、艦は沈降して海面を揺らせた。

アメリカ太平洋艦隊は水上戦闘で明確な勝利を手にしたものの、その後の空襲によって思わぬ損害を被り、海戦は全体として日米の痛み分けに終わった。

しかしながら、日米ともに衝撃的だったのは、艦隊や艦載機の喪失以上に、宣戦布告直後の緒戦において、司令部が壊滅の憂き目を見たことだった。

世界の海戦史上、これだけ過酷で悲劇的な結末を見た例はない。

このマーシャル沖の海戦は、現代戦の熾烈さというものを日米双方に知らしめる戦いとなったのである。

第四章
独裁者の憂鬱

一九四一年一二月九日　イギリス南部上空

ドイツ空軍少尉ハービー・ランハンスは、双発爆撃機ハインケルHe111の操縦桿を握りながら、悪態を吐いていた。

「結局、こういうことだ。だから駄目なんだよ！」

ランハンスの怒りは、敵にも味方にも向けられていた。

ドイツがイギリス本土空襲に踏みきったのは前年七月のことであり、はや一六カ月が経つ。

ドイツにとってヨーロッパに残る敵はイギリスただ一国であり、イギリスを倒しさえすれば、ヨーロッパではドイツの覇権確立は決定的なものとなる。

イギリスの最高指導者である首相ウィンストン・チャーチルは対ドイツ徹底抗戦を叫んでおり、和平に応じる気はさらさらないため、ドイツとしても実力をもってイギリスを排除するしかない。

しかし、大国フランスをわずか一カ月で降伏させ、バルカン半島や北欧にすら勢力圏を拡大したドイツといえども、イギリスは難敵だった。

イギリスには、ドイツがどうやっても克服できない天然の防壁があった。

ドーバー海峡という海の存在である。

ドイツの快進撃を支えてきたのは、要所に戦力を集中することを可能とする高性能の無線機と機動力を持つ装甲師団だった。

高度に機械化された歩兵や工兵を引きつれ、戦術的な航空支援も得ることで電撃戦は成立し、欧州全域で猛威をふるった。

しかし、その中心となる自慢の装甲師団も海を渡ることはできない。

そこで駆りだされたのが空軍だった。

残念ながら、ドイツとイギリスの海軍力には絶対的な差があるため、海からの攻略は不可能である。陸軍も駄目、海軍も駄目となれば、空から敵を叩くしかない。

軍事施設への爆撃はもちろん、市街地への爆撃で恐怖させれば、イギリス国民も己の軍の無力さを痛感することだろう。

政権批判や厭戦《えんせん》運動の高まりで、内からイギリスを揺さぶることもできるかもしれない。そうなれば、有利な条件での和平も期待できる。

また、イギリス南部の制空権を握ってしまえば、イギリス本土上陸作戦も現実味を帯びてくる。

装甲師団にドーバー海峡を渡らせることができれば、それこそイギリスを降伏させることも夢ではなくなる。

そうした目的と期待をもって、イギリス本土空襲は開始された。

しかし、事はそううまくは運ばなかった。

イギリスはドイツ軍機の襲来に備えて南部に濃密なレーダー網を敷いており、ドイツの爆撃隊は空襲のたびにことごとくその網に捉えられた。

レーダーによって誘導されたイギリス空軍機の邀撃《ようげき》は、的確かつ効率的なもので、爆撃はしばしば不発に終わった。

本土防空という使命感をもったイギリス空軍の

抵抗は頑強で、作戦は遅々として進まなかった。

その結果、作戦決行後、一六カ月経った今になっても、ドイツ空軍はイギリス南部の制空権を獲得できていないのである。

原因は敵の周到な準備だけでなく、自分たちの戦力編成のまずさや準備不足にもあると、ランハンスは感じていた。

「やはり、こうだ。こいつら！」

ランハンスは両目を吊りあげて、追ってくる敵機を睨んだ。

敵を憎む思いとともに、苛立ちは見通しの甘い自分たちの軍上層部に向いていた。

自分たち爆撃機の護衛には、双発複座のメッサーシュミットMe110が割りあてられていた。

しかし、Me110は航続力はそこそこあるものの機動性が悪く、イギリス空軍のスーパーマリン・スピットファイアやホーカー・ハリケーンといった軽快な単発戦闘機には分が悪い。

特に、高速かつ格闘戦に強いスピットファイアには歯が立たないことが判明した。

Me110は爆撃機の護衛どころか、自分の身を守るのが精一杯という体《てい》たらくであった。

そこで、軍の上層部は爆撃機の護衛にはMe110を、そしてMe110の護衛として、より空戦性能に優れるメッサーシュミットBf109単発戦闘機をあてるという奇策を繰りだしたのだ。

いかにも付け焼刃的な発想だが、うまくまわればそれでいい。

最前線で命を危険に晒しながら戦う者にとっては、経緯も背景もどうでもよかった。

敵の脅威を排除してくれるのならば、それがなんでも、どういった手段でも構わなかった。

当初、この二段護衛作戦は有効に機能したかに思われたが、敵がその弱点を見抜くのは早く、作戦は破綻しつつあった。

Ｍｅ１１０もＢｆ１０９もすでに実戦配備されていたなかで、なぜ最初にＭｅ１１０が選定されたのかという、原点に立ちかえる必要があった。

大陸上空での局地的な戦術戦闘を想定して、速力や武装を優先して開発されたＢｆ１０９は航続力が極端に短く、渡洋しての遠距離作戦には不向きだったのである。

よって、Ｂｆ１０９が制空戦闘に割ける時間は限られ、今回も早々と先に帰投した。

Ｂｆ１０９のパイロットに責任はない。これはあくまで編成に責任を持つ軍令の問題なのだ。

敵はそこを衝いてきた。

Ｂｆ１０９がいなくなったのを見はからって、送り狼よろしく現れたのである。

「茨の道は往路も復路も変わらずか」

ランハンスは苦々しくつぶやいた。


爆撃隊は往路で、すでにそれなりの損害を被っていた。そのため爆撃も不十分に終わって失意のところに、敵はさらに追い討ちをかけてきた。

「スピット！」

最大出力一四七〇馬力のＲＲマーリン45のエンジン音が轟いた。

イギリス人にとっては守護者の勇ましい雄叫《おたけ》びに聞こえるかもしれないが、自分たちドイツ軍パイロットにとっては死をもたらす不吉な警笛にほかならない。

一見して、敵機は一〇機前後といったところか。自分たちの残存機数が四〇機ほどであることを考えれば、多いと解釈すべきだ。

いっそうの警戒が必要になる。

「このっ」

銃口を閃かせたスピットファイアが迫る。

単発の液冷エンジン機に特有のとがった機首と

ファストバック式のコクピット、低翼式の主翼といった機影が視界に飛び込んでくるが、それらはほとんど目に入らない。

極度の緊張感から、識別できるのは橙色の火箭のみだ。

爆撃隊は散開した。というよりは、散開させられたという表現が正しい。

はっきり言えば、蹴散らされたのである。

ランハンスも左に旋回して、敵の銃撃をかわしにかかる。

銃座を備えたガラス張りの機首と低翼前寄りの主翼、銃弾を背中合わせに組みあわせたような前後を絞った丸みのある胴体らからなるHe111が鈍い反応ながらも動き、鉄と火薬の礫《つぶて》がその腹の下を通過していく。

敵一番機が風を巻いて爆撃隊の中心を貫き、二番機、三番機が続く。

早くも被弾した味方機がいるのか、閃光が高空の冷気を切り裂き、橙色の光に空が明滅する。

衝撃に風防が震え、轟音が肌を叩く。

次々と連続攻撃をかけてくるスピットファイアにMe110が立ちはだかる。

しかし、劣勢なのはひと目でわかった。

機首に束ねられた七・九二ミリ機銃四挺と二〇ミリ機関砲二門を叩きつけるも、スピットファイアは余裕をもってそれをかわす。

トーチカや対戦車攻撃に威力を発揮する重火力も、命中しなければなんら意味を持たない。

爆撃機の護衛に充分な航続力と重火力、機動性をあわせ持つ理想の戦闘機として、ドイツのみならず世界各国が追求した双発戦闘機というコンセプトは、それそのものが失敗だったことを示す空戦だった。

翼面荷重の小さな楕円翼を翻して、スピットファイアが反撃に転じる。

反撃の二〇ミリ弾が突き込まれると、Ｍｅ１１０はたまらず被弾して大小の破片を散らせる。Ｈ形をした双垂直尾翼が食いちぎられ、縦に長い複座の風防が粉微塵に砕けちる。楕円を引きのばしたような滑らかに成形された胴体には、無数の弾痕が穿たれる。

左右の主翼に備えられたダイムラーベンツＤＢ６０１Ａ液冷エンジンは、黒煙を吹きだしながら不規則な回転に陥り、やがて停止して墜落に至っていく。

格闘戦に引きずり込まれたＭｅ１１０は、容易に背後をとられてスピットファイアに銃撃を許す。下から上に、左から右に、交差する曳痕がＭｅ１１０の尾部を抉《えぐ》る。

やがて高翼式に取りつけられた双垂直尾翼が、破損に耐えかねて吹きとび、バランスを崩したＭｅ１１０は絶叫じみた音を立てながら死のダイブに陥っていく。

スピットファイアから見れば、敵の銃撃に空を切らせ、自分の銃撃は確実に的を射るという完勝だった。

Ｍｅ１１０が排除されれば、いよいよランハンスらの爆撃機は逃れられなくなる。

ランハンスのＨｅ１１１にもスピットファイアが迫ってくる。

背後から突進してきた一機の両翼に、発砲炎が閃く。やや遅れて届く銃撃音を耳にしながら、ランハンスは右に左にと機体を振って、それを逸らそうと試みる。

的を絞らせまいと、一定の動きに固まらせないことも肝要だ。

真っ赤な曳痕が主翼の先を、頭の上をかすめていく。

「しつこい！」

敵は諦めずに銃撃を繰りかえす。

このままでは、そのうちかわしきれなくなる。

被弾は時間の問題だ。

そう思ったランハンスは、咄嗟に急減速を試みた。失速寸前までスロットルを絞り、両翼のプロペラの回転が鈍る。

必死に回っていたユンカースＪｕｍｏ２１１エンジンは途端に静かになり、ランハンスのＨｅ１１１は急ブレーキをかけた格好となった。

背後にいたスピットファイアは、つんのめるようにして前に飛びだした。

衝突を避けようとして慌てて機体をひねったため、あさっての方向に滑っていく。

ここは鮮やかに逃れたランハンスだったが、二機めに同じ手は通用しなかった。

スピットファイアは背中にへばりつくようにして執拗に銃撃してくる。左右に旋回しようが、上昇降下を繰りかえそうが効果なく、振りきれない。

やがて、ついに被弾の衝撃がランハンスを襲った。

操縦桿を握る手に異質な振動が伝わり、不気味に機体が震えた。空気抵抗を示す、高く乾いた風切り音が聞こえだす。

被弾したのは主翼だった。

首をひねると、外鈑が大きく抉れてささくれだっているのがわかった。程度がひどくなれば、主翼そのものがもぎとられかねない。

次の被弾は、胴体のほぼ中央だった。

衝撃はたいしたことなかったが、発火したことが問題だった。敵弾は送油管かなにかを傷つけ、燃料の引火を招いたらしい。

「駄目だ」

ランハンスは自機の最期を悟った。

もう少し機体を引っぱって飛ばすことは不可能ではないが、火災を鎮火させられる見込みはない。燃料に引火した以上、残燃料がある限り燃えつづける。下手をすれば、その前に爆発を起こして、機体が木っ端微塵にならないとも限らない。

スピットファイアのパイロットも撃墜を確信してか、大きく旋回して離れていく。

爆発に巻き込まれでもしたらたまらないという思いもあるのかもしれない。

「脱出だ」

ランハンスはパラシュートを使っての脱出を決意した。幸い歪んで動かくなることもなく、風防はすんなりと開いた。

たちまち強風が全身にぶち当たる。

敵の本土上空とはいえ、まだ海上には出ていない。捕虜になる可能性は高いが、溺れ死ぬよりはましだろう。

生きていれば、まだやり直すチャンスはある。ランハンスは冷静に現実を受けいれた。

だが、それも生きて地上に降りたつことができればの話だ。

主翼にパラシュートをひっかけたり、パラシュートに火がついたり、降下中に銃撃を受けたりすればおしまいだ。

そうしたことを避けて、命をつなげられるかどうかは、まだわからなかった。

同日　ドイツ南東部　アルプス山腹

ドイツ第三帝国総統アドルフ・ヒトラーは、ドイツ南東部に建設した山荘「ベルクホーフ」に、盟友であるイタリア王国統帥《ドゥーチェ》ベニート・ムッソリーニを迎えていた。

「ベルクホーフ」はヒトラーが複数建設を命じた

総統大本営のひとつで、ベルヒテスガーデンの近郊オーバーザルツベルクにある。

日本も含んで、ドイツとイタリアは同盟を結んでいるが、軍事力や国力はドイツがイタリアを大きく上まわっている。

世界に与える影響力や敵に対する脅威といった点では、ヒトラーがムッソリーニの数段上をいっており、バルカン半島への侵攻や北アフリカへの軍の派遣も、イタリアが火を点《つ》けながらも収拾できなくなったつけを、ドイツが払ったようなものだった。

だが、ムッソリーニに対するヒトラーの態度は見下したり、尊大にふるまったりする様子はなく、むしろ友好的で穏やかなものだった。

なぜか？

それは民衆を熱狂させて扇動し、独裁体制を築く手法を、ヒトラーはムッソリーニから学んだためである。

ヒトラーはムッソリーニのやり方に感銘を受け、それを自分のものとして取り込んで拡充することで、現在の地位を手にした。

党員や軍の特徴ある服装も、ムッソリーニの国家ファシスト党を真似たものである。

だから、ヒトラーは力関係が逆転した今になっても、ムッソリーニへの敬意は忘れていなかった。

この日、二人は側近らとともに現況の再確認と今後の見通しについて意見交換を行ったが、正直芳しい報告はあまりなかった。

一昨年九月のポーランド侵攻以来、北欧から西欧の大部分を手中にした破竹の快進撃は、ここにきてはっきりと鈍っている。

ヒトラーは、イギリス本土上空の制空権獲得がおぼつかずに無期延期している「アシカ作戦」――イギリス本土上陸決行の見込みがたたないことに強い不満を抱いていたし、ムッソリーニも地中海においてイギリス艦隊の跳梁《ちょうりょう》を許し、制海権をいまだに確立できていないことに、強い苛立ちを隠せないでいた。

地中海の制海権を獲得できていないことは、当然、対岸の北アフリカ戦線に悪影響をおよぼしている。

エルウィン・ロンメル大将率いるドイツ・アフリカ軍団を主力とする独伊軍はキレナイカ地方を奪回してエジプト、そしてスエズ運河を臨む位置まで戦線をいったん押しもどしたものの、補給が続かずに進撃は滞り、敵の反撃を許した。

要衝エルアラメインでの戦いで大敗を喫した独伊軍は、イギリス中東軍の猛反撃に遭って後退を余儀なくされている現状にあった。

このまま制海権がとれずに充分な補給が行えなければ、戦線の立てなおしは不可能になる。

勢いづいたイギリス中東軍の攻勢が強まり、戦線は雪崩を打って崩壊する可能性すらあった。

「いまいましいイギリス人め」

このときヒトラーもムッソリーニも、こうした状況がすぐに激変するとは予想だにしていなかった。

そして、まさかその変化が戦況や国際関係にとどまらず、自分たち自身におよぶことになろうとは、夢にも思っていなかった。

そのきっかけは、アジアにあったのである。

一二月一〇日　マレー沖

一昨日のアメリカによる対日宣戦布告は、中部太平洋にだけ戦火があがることを意味するものではなかった。

太平洋方面に関して、アメリカ軍はハワイ諸島のほかにフィリピンにも有力な戦力を配置しており、ここは台湾に駐留していた日本海軍航空隊との間で、すでに激しい航空戦が展開されている。

フィリピン南西の東南アジアもまた、戦場と化そうとしていた。同地に軍を置くイギリスが、アメリカに同調して対日宣戦布告したからである。

実はイギリスが日本に対して、積極的に戦争を仕掛ける理由はない。

むしろドイツ、イタリアとの戦争で本国までが戦場になっている最中に戦線を広げるのは明らかな愚策でしかない。

イギリスが対日戦に踏みきったのは、対米追従にほかならない。

ドイツ、イタリアとの戦争にアメリカの助力を得るため、アメリカの戦争に加担するというギブ・アンド・テイクの判断によるものである。

日本も当然、こうしたイギリスの動きは予想しており、同方面に一定の戦力を貼りつかせていた。

仏印に駐留する海軍航空隊と、同じく仏印のカムラン湾に待機させていた南遣艦隊だ。

また、対米戦を考えるにあたってマレーやスマトラ、蘭印の地下資源は、日本にとって必須のもので、同方面のイギリス軍との激突は必然であったとも言える。

そして、イギリス軍は早速動いた。

シンガポールに停泊していたイギリス東洋艦隊が出港して、南シナ海を北上しはじめたのである。

仏印を勇躍飛びたった第二二航空戦隊の陸上攻撃機五九機は、悪天候に行方を阻まれていた。

攻撃隊を指揮する武田八郎少佐の額《ひたい》には、次第に焦りからくる汗が滲《にじ》みだしていた。

「英艦隊見ゆ」との伊号第五八潜水艦の通報を受けて、まさに「飛んできた」武田らだったが、目的海域上空には低い雲が垂れ込め、ところどころに降雨も見られる悪条件だった。

敵艦隊を探してすでに数時間が経過していたが、それらしき痕跡を見いだせず、武田らは無為に南洋の空をさまよいつづけるだけだった。

一昨日、マーシャル諸島沖で空母艦載機隊が、洋上行動中のアメリカ戦艦を撃沈したという吉報を耳にして、「我らも続け」と意気軒昂に離陸してきた高揚感や期待は急速にしぼんでいる。

代わってこみあげてきたのが、敵艦隊を取り逃がして襲撃を許すという失望と不安だった。

敵艦隊の北上をこのまま許せば、仏印沿岸部の駐屯部隊はイギリス戦艦の巨砲に蹂躙《じゅうりん》されてしまう。

それに加えて敵艦隊の海上封鎖がある以上、輸送船団の南下は不可能である。

マレーやシンガポールへの上陸や蘭印への進攻といった南方作戦は開始早々に頓挫してしまうことになる。そうなれば対米戦略の根幹が崩れ、戦争そのものを失いかねない。

「自分たちはそのきっかけを作ってしまうのか」

焦りは不安を呼び、不安は悪いほうへ悪いほうへと思考を追いつめる。

責任の重大性を過度なまでに痛感した武田は、さらにその後も索敵を継続したが、戦艦の姿はおろか、駆逐艦の航跡ひとつ発見することはかなわなかった。

仏印からはるばる運んできた爆弾や魚雷は、南洋に無意味に投棄されて終わったのである。

一方、海上から敵の阻止を狙う南遣艦隊もまた、敵をつかまえあぐねていた。

伊五八潜の通報から、南遣艦隊は予想針路上に展開して敵を待ちうけていたのだが、会敵予想時刻を過ぎても、いっこうに敵が現れる気配はなかった。

そのうち、晴天で見とおしのよかった海上一帯には靄《もや》がかかりはじめ、ところどころ降雨もあって、視界は急速に狭まっていたのである。

敵はどこへ行ってしまったのか。もしかしたら、とっくにこの海域を通過して、今なお北に向かっているのではないか。

あるいは裏をかかれて、敵は大きく東に迂回する航路をとったのではないか。

いずれにしても、敵にこのまま北上を許すことは重大な危機を招く。すれ違いは絶対に許されない。

自分たちが洋上でまごついている間に、敵が仏印のカムラン湾に突入でもすれば、港湾施設は完膚なきまでに叩きつぶされてしまうだろう。

そうなれば自分たちは帰る場所を失い、南方を臨む重要拠点を喪失することになる。

当然、南方作戦のために待機していた輸送船は片っ端から破壊され、備蓄物資ものきなみ焼きはらわれてしまうに違いない。

そんなことは絶対に避けねばならない。

艦隊司令部はもちろん、各艦の末端の兵に至るまで、血眼《ちまなこ》になっての捜索が続けられたが、いっこうに敵艦隊の足取りはつかめなかった。

水上機を使っての航空偵察も試みられたが、帯同する空母がない少数機による索敵は、目の粗いざるのようであり、なんら効果をあげることはなかった。

一二月一一日　マレー沖

軽巡洋艦『天龍』艦長後藤光太郎大佐は、眉間をつまんで深く息を吐いた。顔を拭いて気持ちを新たにする。

目にしみるような鮮やかな朝日はなかった。海上は引きつづき曇天で薄暗く、はっきりとした夜明けは感じられなかった。

ぼんやりとした光がなんとなく海上に広がることが朝の訪れを知らせていたが、それはいつもに比べれば実に控えめで、やんわりとしたものだった。

「しかし、北洋でもないのになんだろうな。この視界の悪さは」

天龍型軽巡『天龍』『龍田』の二隻からなる第一八戦隊を率いる丸茂邦則少将の声は、ため息まじりだった。

たしかに異常な天候だった。

一年中濃霧に覆われて視界が悪い北洋に比べて、南洋は比較的天候が安定しているのが常である。

ときおり日本の夕立のようなスコールに見舞われることがあっても、晴天で燦々とした陽光が降りそそぐことが多い。

この灰色の雲と降雨、そして海上に広がる靄は、まるで敵艦隊を隠すために出現したようにさえ思えた。

丸茂が旗艦に定めて将旗を掲げている『天龍』に、二番艦『龍田』が後続している。その距離は一〇〇〇メートルと離れていないはずだが、『天龍』から見て、その『龍田』の姿でさえ、しばしば見失うほどだった。

「うらめしいと思っていると、敵艦隊が張りめぐらせた煙幕ではないかと錯覚してしまうな」

「ものは考えようです」

苦々しくこぼす丸茂に後藤は微笑した。

たしかに苛立ちが募る状況ではあったが、気の持ちようでそれを好機と捉えることもできると、後藤は思考を切り替えていた。

敵艦隊捜索は夜を徹して行われたが、それでも敵を捕捉できなかったことで、南遣艦隊司令長官古賀峰一中将は、ついに艦隊を分散させての捜索を決断した。

具体的には、戦隊ごとに行動範囲を広げて、敵艦隊をなんとかしてその網の目にひっかけようという策である。

当然、敵艦隊を発見しても、ただちに攻撃行動には移れなくなるが、敵を発見できなければなにも始まらないという根本的問題を忘れることはできない。

首尾よく敵艦隊を発見しても、小戦力では各個撃破されてしまうのではないかという懸念はあったが、そのときは大急ぎで遁走して、味方の救援を仰ぐしかないという、わりきりも必要だった。

「我々のような旧式艦でも、うまくすれば手柄を立てられる機会がめぐってきたということです。運がよければ、敵艦隊に一番槍を放つことだって夢ではなくなってきました」

『天龍』『龍田』は艦齢二〇年を超える旧式艦である。現在第一線にある海軍の巡洋艦では最古参の艦で、旧式というよりも老齢艦と言ったほうが適切なくらいだ。

外観も高雄型重巡や阿賀野型軽巡といった近年の日本艦艇の、力感と構造美をあわせ持つ流麗な艦容とはかけ離れたもので、古めかしさを隠せない。

直線的な艦体にいびつな三本煙突をのせ、主砲塔や魚雷発射管といった兵装は中心線上にこそ並べているものの、全体にはまばらで簡素な印象にしか見えない。

極端に前寄りに置かれた艦橋構造物から尾を曳くような艦容は、おたまじゃくしを連想させるようだった。

二隻で戦隊を組んでいるのも、独立した戦隊として索敵や攻撃を期待されているというよりも、水雷戦隊の旗艦として駆逐艦を率いるには特に速力をはじめとして性能不足であるし、空母や戦艦の護衛としてももの足りないという、行き場がない結果として組まされた感があるくらいだった。

そんなお荷物的存在の第一八戦隊にお鉢がまわってきた。単独での敵艦隊索敵、捕捉という結果が求められる役割である、

混迷する戦況がもたらした末のこととはいえ、晴れ舞台が用意されたことは喜ぶべきだと、後藤は考えていた。

(こういうときは、なにが起きるかわからん。ひょっとしたら、ひょっとするしな)

後藤は艦橋の上部に張りだすように設置された、格子状の構造物に視線を流した。

『天龍』は旧式艦で艦型そのものも小さく、艦橋もマストも低い。通信や索敵の能力が乏しいことも否定できない。

ただ、その『天龍』には「隠し玉」といえる装備が今回施されていた。

盟邦ドイツから試験的に供与を受けたラダール、日本式に言う電波探知機ゼータクトだった。

これも、『天龍』が二線級の戦力としかみなされていなかったゆえの装備だった。

ドイツ海軍ではこのような電波兵器を艦艇にも搭載して、従来の光学的手段の補助として索敵や警戒に活用しているという。

自分たち日本海軍では、まだまだこれら電波兵器に関する理解は乏しく、有効性に懐疑的な見方が強かったため、主要な艦艇への搭載は見送られた。

大型艦の艦長のなかには「そんな海のものとも山のものともわからない、得体のしれないものを

持ち込むなど言語道断」と、あからさまな拒否反応を示して断った者もいるくらいである。

それを後藤は受けいれた。

もちろん、『天龍』の実力と後藤の立場から、拒絶する余地などなかったという事情もあったが、後藤には「仮に役に立たなかったとしても、邪魔になるものでもあるまい。むしろ役に立てば、本艦にも飛躍の機会が訪れるかもしれない」と前向きに捉える度量があった。

そして、後藤以上にラダールの作動状況に神経をとがらせる男がいた。ラダールとともに、特別に艦に乗り込んできた蜂矢凛中尉である。

ただ、蜂矢の様子は後藤の予想とはだいぶかけ離れたものだった。

ラダールの導入を促進しようと蜂矢が顔を真っ赤にして方々を駆けずりまわり、声高に有効性を叫ぶものと当初、後藤は考えていたが実際は違った。

蜂矢は「自分は技研からドイツ製装備の評価を目的として派遣されてきた者です。良し悪しはあくまで客観的に判断いたしますし、あえて良い方向に色づけするつもりは毛頭ございません。駄目なものは駄目だと、はっきり申しあげることも、自分の重要な職務と考えております。よって、搭載を無理強いすることはございません」と、あっさりと言いはなったのである。

採用と搭載に冷静な蜂矢の態度に驚いたことは、まだ記憶に新しい。大学卒業後に民間から転入してきたという経歴とも無縁ではないだろう。

ただ、その蜂矢はけっしていい加減な姿勢や注力していないがために、そうした態度であるわけではないことも、後藤は理解していた。

見た目は淡泊かもしれないが、自分がこうと決めた道は信じて突きすすむ芯の強さを、後藤はこの若い士官に感じていた。

あくまで公正に、第三者として正確に評価を下す。それが蜂矢の任務なのである。

その証拠に蜂矢は自ら動いた。

「通信室に移ります。なにかあれば、自分からご連絡申しあげることになるかもしれませんが、その際はご容赦願います」

「よかろう。好きにすればいい」

後藤はふたつ返事で了承した。

ドイツやイギリスの艦艇では、ラダールの情報を特別に扱う区画があるらしいが、『天龍』にはそのようなものなどあるはずがない。

観測結果を示す機器などは通信室に仮設され、臨時の電測区画の借り住まいとなっていた。

しかし、それ以後も敵の兆候はなかなかつかめなかった。

夜明けから三時間が過ぎても、四時間が過ぎても、敵艦隊が現れることはなく、南遣艦隊は途方に暮れたように洋上をさまようだけだった。

「やはり、この海域にはいないのだろうな」

丸茂の声には疲労と諦めが混ざっていた。

第一八戦隊は会敵予想海域から南西方向の海域を、哨戒区域に割りあてられていた。

敵艦隊は迂回航路をとった。あるいはすれ違って突破されたと考えるのが普通であって、その一般的な考えからすれば、もっとも敵と遭遇する可能性が低い海域だった。

もちろん、不意に遭遇した場合は、できるだけ強力な戦力で対抗するのが望ましいと南遣艦隊司令部が考えるのは妥当だったが、これも自分たち第一八戦隊が軽視されている表れだと丸茂は卑屈に感じ、それが疲労を倍加させる原因にもなっていた。

「南遣艦隊司令部からの連絡は？　どこかの戦隊

が敵を発見したとか」

「ありません」

「指示は？　集合がかかったりはしていないのか」

「ありません」

あるはずがなかった。

丸茂が焦って確認を求めても、連絡が入っていれば当然、それは丸茂の耳にすぐ届けられるはずである。

第一八戦隊を包む空気は重く、沈黙の時間が長くなった。

そろそろ、自分たちからなんらか行動を起こすべきではないのか。思いきってカムラン湾まで引きかえして、敵の来襲を待つほうが得策ではないのか。そうした意見具申を南遣艦隊司令部に入れるべきではないか。

そうした考えは、次の報告でいっきょに吹きはらわれた。

丸茂が通信参謀に命じようとしたところに、逆に通信室から報告が届いたのである。

「通信室より艦長」

（来た！）

蜂矢の声に後藤は直感的に悟った。

稲妻に打たれたかのように、びくりと身体がひと震えし、いささか緩みそうになっていた目尻が引き締まる。

言われるまでもない。

敵艦隊発見の報告であることは疑う余地がなかった。

「報告します。電探に感あり。大型艦とおぼしき反応二、小型感らしき反応四。北上しつつ接近中」

「間違いないか」

「間違いありません」

「でかした」

「やってくれた」と、後藤は頭の上のラダールを一瞥《いちべつ》して力強くうなずいた。

ドイツの工業製品は国内品より優秀だと聞いていたが、あのような金属製の物体が目に見えないものを発見できるとは、にわかには信じがたかった。

働いてくれればもうけもの、駄目でもともとと思っていたものが、見事に結果で疑問や不信を払拭してくれた。

ドイツ製のラダールは、靄に隠れた艦隊を探りあてた。報告は具体的かつ詳細で信頼に足るものと、後藤は判断した。

確認されているイギリス東洋艦隊の陣容は、戦艦一、巡洋戦艦一、それに駆逐隊が一隊から二隊というものである。

報告はこれと一致する。

この海域に味方の艦隊は自分たち以外に存在しない。発見した艦隊は、間違いなくイギリス東洋艦隊である！

「司令官」

興奮ぎみに振りかえりながら、後藤はあくまで冷静な蜂矢の様子に舌を巻いていた。

(若いのにな。しかも自分が持ち込んだ装備の成果だろうが。あれが、生まれもった性格というものか)

普通ならば慌てて声を裏返したり、報告内容に抜けが出たりしてもおかしくないのだが、蜂矢の声からは、そのような様子はまったく感じられなかった。まるで感情を表に出さない機械のようであり、高揚や興奮とは無縁だった。

ただはっきりと事実を正確に伝える。

それが蜂矢の報告だった。

「司令官、英東洋艦隊の陣容に一致します。目視で確認しますか」

「いや、やめておこう」

丸茂は言下に答えた。

「慌てて出ていって見つかったら、それこそひとひねりされて終わりだ。幸い、敵がこちらに気づいている様子はない。

まず南遣艦隊司令部に報告して、味方が集合するのを待とう。本戦隊はこのままの距離を保って、敵への触接を続ける」

「はっ」

応じつつも、後藤は半分残念な気持ちだった。

ここで突撃を始めれば、自分たちは敵艦隊に向かって先陣を切る栄誉を手にすることができる。

この視界の悪さを衝いて至近距離まで接近することができれば、魚雷をまとめてぶち込んで敵戦艦を撃沈することすら、夢ではないかもしれない。

丸茂の判断が正しいと理解しつつも、そのような千載一遇の機会に賭けてみたいと血が騒ぐのも、水雷屋としての性《さが》なのかもしれなかった。

後藤は頭のなかで、天を仰いで苦笑した。


蜂矢は通信室にこもったまま、敵の動きを注視していた。

当初、蜂矢らの同居を快く思わず、ラダールの働きも懐疑的に見ていた通信長らの反応も明らかに変わっていたが、蜂矢は淡々と自身の任務に没頭するだけだった。

蜂矢らが持ち込んだドイツ製のラダール・ゼータクトは、悪天候のなかから敵をあぶりだした。

日本海軍の見張員は、暗室のなかで昼夜一カ月を過ごすなどの特別な訓練を積んで、視力三・〇を自認している。

その練達《れんたつ》の見張員に先がけての敵発見は見事だったが、蜂矢はその成果が手放しで喜べるものではないと感じていた。

ラダールの反応はある種の表示装置に転送されてくるが、それを読みとるためにはかなりの熟練が必要そうだった。

今回は専任の兵がついているから問題ないが、代えがきかないのでは困る。

つまり、ラダールがあっても、その反応を読みとる特別な習熟者がいなければ、ラダールは使えないということになる。

戦闘中に負傷したりしても同じことだ。

読みとりが容易になれば、そうした問題は解消される。

まったくの素人でも扱えれば理想だが、そこまでいかなくとも訓練期間が短縮できたり、ちょっとした慣れですんだりするのであれば、稼働率は高められる。

その点は上にきっちりと報告しておかねばならないと、蜂矢は心にとめた。

蜂矢の任務はドイツ製兵器の搭載と評価であるが、可否の判断にとどまらず、日本なりの運用方法や新たな活用分野を提案することで、さらなる有効利用の道が見つかるかもしれない。

それも蜂矢に期待される職務のひとつだった。

(貴官の言うとおりだったな)

蜂矢は、規則正しく、敬意をもったドイツ海軍連絡士官アクセル・モルガンの様子を思いだした。

ゼータクトを『天龍』に装備するにあたってはドイツ人技術者の力を借りねばならなかったが、そこで日本海軍との調整役として働いてくれたのがモルガンだった。

モルガンを初めて見たときの衝撃は、今でも忘れられない。

長身で翠眼《すいがん》、「ドイツ軍の士官」という文字をそのまま具現化したようなモルガンの姿は、良い意味でも悪い意味でも日本人らしい日本人である蜂矢から見て、瞠目《どうもく》ものだった。

それでいてモルガンは、上から見下ろす態度など微塵も見せず、盟約の相手として自分たちに丁寧に接してきた。

ゼータクトに関しては、「霧の多い北極海やバルト海北部では特に重宝している代物である。軍の最高機密のひとつと言えるこれを供与するということは、貴国、貴軍に対する私たちの信頼の証と認識してほしい」と前置きしたうえで、モルガンは蜂矢にこう言ったのだった。

「貴軍の上層部には懐疑的な意見もあるようだが、我が軍の科学技術力が生みだすものが駄作であるはずがない。必ず役に立つ。これの導入が貴軍の戦力向上に結びつくことは私が保証する」

（こうなれば、あとは自分たちの問題だな）

「勤勉で知られる貴国のことだ。一度価値を認めてもらえば、我が軍よりもうまく使いこなしてくれると信じているよ」というモルガンの言葉を思いだして、蜂矢は今後に思いを馳《は》せた。

このゼータクトはこうした悪天候のみならず、夜戦の様相も大きく変えていくかもしれない。

（それにしても）

敵がまだこんな海域にいたとは、蜂矢にとっても意外だった。

シンガポールからの距離と時間から計算すれば、平均速力は一〇ノットそこそこといったところだろう。

艦隊の巡航速度に比して明らかに遅い。

（機関不調ならば引きかえす。敵もこの悪天候で慎重になっていたのかもしれん）

蜂矢の予想どおり、イギリス東洋艦隊は衝突を避けるために艦隊速力をあからさまに絞っていた。

そこで生じた進撃距離の低下が、結果として南遣艦隊を悩ませたのである。

「艦影七、いや八。さらに増加中。反応弱い」

「三水戦だな」

蜂矢はあたりをつけた。

反応が弱いということは、艦型が小さいことを意味する。それがまとまった数となれば、おのずと水雷戦隊という答えにいきつく。

味方は徐々に集まってきていた。あとはいつ攻撃を始めるかだ。

敵もさすがに、まだこちらに気づいていないということはないだろう。

ドイツ海軍からの情報によれば、イギリス海軍でもラダールの開発と搭載は進んでいると聞く。

先に動いたのは敵だった。

「む！」

ラダールが示したあからさまな変化を、蜂矢もすぐに悟った。

「敵艦隊、速力上げた。向かってくる！」

その報告をきっかけに、南遣艦隊はいっきに海戦になだれ込んだ。

「砲雷同時戦、全艦突撃！」

「一八戦隊、突撃せよ。主砲、応戦しつつ前進。雷撃用意」

「両舷前進全速、砲雷戦用意！」

『天龍』『龍田』の第一八戦隊も突撃を開始した。

ブラウン・カーチス式ギヤード・タービン三基がうなり、艦の動揺が高まる。きしみ音は艦があげる悲鳴のようであり、ともすればこのまま艦が分解してしまうのではないかと心配させる。

日本海軍の旧式艦艇に特有の半円形をした艦首は、凌波性が高いとは言えない。

荒波をかぶりつつも前へ前へと進む姿は、戦塵を浴びながら決死の形相で進む老兵さながらだった。

「三水戦、突撃してきます」

靄の間を縫うようにして、続々と駆逐艦が追ってくるのが見えた。

艦型は小さいながらも、『天龍』と比べれば均整のとれた近代的な艦容をしている。初春型あるいは白露型の駆逐艦だ。

前方に湾曲したS字の艦首を据えた艦首乾舷の高い短船首楼型の艦体は凌波性に優れ、円柱状の艦橋構造物や後傾斜した二本の煙突はすっきりとした印象を与えてくる。

直線的な艦体にいびつな三本煙突をのせた『天龍』の、あっさりとした古めかしい艦容とは対照的である。

(一番槍はこっちのものだ!)

敵を発見して味方を誘導したのは自分たちだ。当然、敵に対する初手は自分たちに権利があってしかるべきだと、後藤は考えていた。

ここで三水戦に先を越されては、トンビに油揚げをさらわれるようなものだ。

「僭越ながら申しあげます」

参謀たちに動きがないのを見て、後藤は半歩前に出た。

「雷撃開始を具申いたします」

後藤の職域は『天龍』一隻の指揮であって、戦隊の行動方針に口を挟むのは、あきらかに越権行為である。それを知りつつも言わずにはいられなかった。

「今すぐに魚雷を放てというのか」

「そうです」

丸茂に胸を張って言う後藤に、参謀たちがどよめく。

「いくらなんでも破天荒では?」

「あてずっぽうな雷撃など当たらん」

そうした批判を意に介することなく、後藤は力説した。

「今ならば敵の視界外からの雷撃が可能です。完全な奇襲が望めます」

「しかしな」

「彼我の距離は八〇（八〇〇〇メートル）と遠いですが、届かない距離ではありません」

（本艦にも酸素魚雷があればな）

主張しつつも、後藤は苦い思いも残していた。

『天龍』は旧式艦であるがゆえに、日本海軍が世界に誇る長射程、高速、大威力の酸素魚雷を搭載していない。おまけに魚雷の直径も、六一センチが基本の新型駆逐艦に比べて五三センチと小さい。『天龍』が持つ旧式の六年式五三センチ魚雷は、速力、射程、威力どれをとっても三水戦の駆逐艦が持つ酸素魚雷に劣る。

だが、それでも雷撃を敢行する意味があった。

三水戦に先を越されたくないという後藤の意地だけではない。

それは……。

「それでいて、我々は敵を見ずして正確な位置をつかんでいます。有視界外からの雷撃が可能です。やる価値は充分あります。司令官、やらせてください。司令官！」

「……よかろう」

後藤は押しきった。

そうと決まれば、同士討ちを避ける意味でも可及的速やかに魚雷を放つべきだ。

魚雷の射程を伸ばすためには、三〇ノット台半ば以下に速力を絞らねばならず、最高速力三六・五ノットと韋駄天の初春型駆逐艦あたりならば、下手をすれば追いこしかねない。

追いぬいていった味方に遅れてきた魚雷が当たったなどというまぬけな話は、冗談でも許されない。

後藤は高らかに命じた。

「右魚雷戦用意。取舵一杯。針路、一《ひと》、五《ご》、〇《まる》。回頭終了次第、雷撃はじめ」

「取舵一杯。針路一五〇」

「右魚雷戦用意。回頭終了次第、雷撃はじめ」

航海長と水雷長が復唱し、指示が末端まで伝わっていく。

『天龍』は老体に鞭《むち》を打って左に急回頭した。

「そうだ『天龍』、ここが勝負どころだ。もうひと踏ん張り、意地を見せろ」

艦首を波浪に突っ込み、主砲塔を波に洗われながらも盛大に飛沫を散らしてなお前進する姿に、後藤は老兵の気概を見たような気がした。

「雷撃、はじめ！」

全長六・八四メートル、重量一・五トンの魚雷が右舷に躍りだし、すぐに海中に姿を消す。

「『龍田』より入電。魚雷発射完了」

「うむ」

続行する二番艦『龍田』からの報告にうなずく丸茂を横目に、後藤は胸中でつぶやいた。

（たったこれだけだが、一本でも二本でも当たれば、戦いを優位に進められる）

天龍型軽巡の雷装は、五三センチ三連装発射管二基六門と心もとない。

これは初春型駆逐艦の四分の三でしかなく、重武装で知られる特型駆逐艦と比べれば三分の二にすぎない。

二隻合計でも一二射線の雷撃はいかにも貧弱で、多くは期待できないかもしれないが、魚雷の威力は戦艦のような重防御の大艦に対しても一定の打撃は与えうる。

奇襲効果による戦果を、ここはぜひとも望みたいところだった。

なにせ、南遣艦隊は隻数でこそ敵を圧倒しているが、敵が持つ戦艦と巡洋戦艦は持っていない。

南遣艦隊は旗艦『最上』以下、巡洋艦と駆逐艦だけの艦隊で、砲力では劣勢である。雷撃で突破口を見いだせねば、この海戦で勝利をつかむことはできない。

雷撃が不発に終われば敵戦艦の巨砲によって、南遣艦隊の各艦は片っ端から海の藻屑と化すことだろう。

「次発装填。装填後、戦隊針路二八〇《ふたはちまる》に変更。左魚雷戦用意」

丸茂は命じた。

いったん態勢を立てなおして第一八戦隊は再び突撃する。一度離れた距離を詰めて、側面から雷撃を仕掛けるつもりだった。

今もなお海上の視界は悪く、靄を払いのけながら『天龍』と『龍田』の二隻は進んだ。

「敵艦隊との距離、一〇三、一〇二……一万を切ります」

そこで第一八戦隊は敵艦隊の右舷海面に躍りでた。

「あれか」

後藤の双眸に、敵の戦艦と巡洋戦艦の姿が飛び込む。

前を行く重厚な艦容の艦がキングジョージV世級戦艦の二番艦『プリンス・オブ・ウェールズ』、それに続く細長い三脚檣の前檣を持つ艦が巡洋戦艦『レパルス』と思われたが、そこで前方から強烈な閃光が射し込んだ。

遅れて腹の奥底を叩く、低く重い爆発音が届く。しかも、一度ならず二度もだ。

(三水戦の駆逐艦がやられたな)

後藤は直感した。

光と音の規模から轟沈は、まず間違いない。

魚雷発射管に直撃を受けた駆逐艦が砕けちったと考えるのが、残念ながら妥当である。

戦艦の分厚い装甲ですらぶち抜く魚雷の威力が、装甲らしい装甲を持たない駆逐艦に作用してはたまらない。文字どおり、一瞬にして消しとんだと見ていい。

第一八戦隊にも、すぐに敵弾はやってきた。

距離が近いので射撃の精度は高い。

『天龍』『龍田』の近くに複数の水柱が立ちのぼり、揺れる海面に基準排水量三二三〇トンの艦体が煽られる。

「撃ち方、はじめ！」

丸茂が命じ、『天龍』『龍田』も応戦する。

しかし、火力はなさけなくなるほど弱々しい。

天龍型軽巡の主砲は一四センチ砲四門と、ただでさえ貧弱なのに加えて、それが中心線上に単装砲塔として二基ずつ対称に配されているため、前方に向けられるのは二門にすぎない。

これでは、敵戦艦の副砲以下にも対処できるはずがない。

鋭い衝撃とともに炎が前甲板に躍った。

「第一主砲塔に直撃弾！　砲塔損壊」

報告を聞くまでもない。副砲弾らしき敵弾を受けた砲塔は完全に潰されている。

単装の砲身は折られたのか、飛ばされたのかはわからないが、その場から消えうせ、甲板上には内部につながる破孔が顔をのぞかせているだけだ。

砲員の生死は確認するまでもない。火が内部にまわった様子がないだけ、よしとしなければならない。

ブリキ板のように薄かった砲塔の鋼鈑が裂け、逆に爆圧を外部に逃す格好になったのが、不幸中の幸いだったと言えるかもしれない。

落ちつく間もなく、今度は背中を爆発音が叩く。

後藤は青ざめた。発射管がやられれば、先の駆逐艦と似た運命を『天龍』はたどってしまう。

発射管を中心として華奢な艦体は真っ二つに引き裂かれ、炎がまわる間もなく艦は海中に沈んでしまうことだろう。

振りむいて様子をうかがう後藤だったが、そうした最悪の事態は免れたらしい。

勢いよく吹きだす火柱もなければ、耳を聾する轟音もない。艦は変わらず航走を続けている。

「後檣に直撃弾！　後檣倒壊」

「了解」

後藤は短く応えつつ、状況を思いうかべた。

『天龍』の艦上構造物は、どれをとっても造りは簡素である。後檣は高さこそ確保しつつも棒状の細いもので、敵戦艦の副砲弾や高角砲弾あたりの直撃に耐えうるものではない。

直撃を受けた後檣はぽきりと折れ、あっさりと海中にさらわれていったに違いない。

「まずいな」

丸茂がつぶやくのが聞こえた。

たしかに致命傷こそ免れたが、『天龍』が危険な状況であることに変わりはない。いずれ致命的な打撃を被るのも時間の問題と思われる。

有視界で二隻合計一二射線と雷数も少ないことを考えれば、必中させるためには最低でも五〇〇〇メートルの距離に近づきたい。

だが、『天龍』の最大速力三三ノットではそこまで走破するのに、まだ五分あまりの時間が必要である。

とてもそこまでもちそうもないと、丸茂が考えるのも不思議ではなかった。

（わかっていたことだ。わかっていたことだが……！）

そこで丸茂は度肝を抜かれた。

『レパルス』の艦上に、これまでにも増してまばゆい発砲炎が閃いたかと思うと、『天龍』のすぐ手前の海面が瞬間的に消失したのである。

轟音を伴って海水は見る見る天に向かってそそり立ち、巨大な水柱を形成した。

いただきは当然『天龍』の艦橋からは見えない。見えるのは、根元にあたる灰白色の水塊だけだ。そこに『天龍』はまともに突っ込んだ。

海水の重みで艦体が大きく沈み込む。滝の真っただ中に入ったように、視界はほぼ失われた。見えるのは白濁した海水のみだ。

そのまま沈んでしまうのではないかと思ったほどだったが、そうはならなかった。

転覆することもなく、なんとか持ちなおした『天龍』は、盛大に海水をしたたらせながらも、海上を走りつづけていた。とはいえ、旧式艦であるがゆえに無傷とはいかない。

「艦底部より浸水あり」

「缶室に一部浸水も航行に支障なし」

「了解」

報告にうなずきつつ、後藤は『レパルス』に目を向けた。

「なんてやつだ」

『レパルス』は旧式の巡洋戦艦だが、新型のキングジョージV世級戦艦を上まわる口径三八センチの主砲を搭載している。

この海域で最大となる砲を、敵は事もあろうに艦齢二〇年を超える旧式軽巡に向けてきたのである。

「艦長、蛇行だ。このままいっては耐えられん」

丸茂の命令に後藤は振りかえった。

「雷撃はあきらめん。だが、このまま進めば遠からず本艦は沈められる。三〇秒おきに針路変更して機をうかがう」

後藤は唇を噛んだ。

雷撃を敢行するうえで、今とりうる手段は三つある。

第一の案は司令官の命令であって、針路を頻繁に変更しながら徐々に近づいていこうという案だ。これはたしかに敵に的を絞らせにくくすることはできるが、距離を詰めるにはかなりの時間を要してしまう。

第二の案は、ここで魚雷を発射してしまう案である。これはそもそも距離が遠いことと、雷撃を悟られるために失敗の可能性が高い。

第三の案はいちかばちか、このまま突っ込む案である。たしかに、沈められる確率は高いかもしれないが、有効な雷撃を実施するには結局、この案がもっとも確率が高いのではないか。

第一の案でも、洋上を右往左往している間に、どのみち沈められる可能性が高いのではないか。

後藤はそう思ったが、それを口には出さなかった。

先の意見具申をした状況とは異なる。

すでに命令は下された後であるし、突撃続行案にしても、それがより良い案だとする根拠はなかった。

司令官の案を覆すだけの確信がない以上、ここは自重すべきと後藤は判断したのだった。

「三〇秒おきに変針。蛇行航路をとって雷撃に備えます」

後藤は復唱した。

「『龍田』に打電！」

通信参謀が『龍田』に丸茂の命令を伝達する。

第一八戦隊は変則航路に転じた。

正面に見えていた『レパルス』がいったん左舷に遠のき、しばらくして今度は右舷に移動する。

たしかに敵弾は逸れていくが、やはりなかなか距離が縮まらない。

「敵艦との距離九二……九一」

その間に『プリンス・オブ・ウェールズ』と『レパルス』は主砲目標を切りかえたらしく、発砲炎が閃いても、こちらに巨大な水柱が出現することはない。

代わりに、敵艦隊を挟んだ向こう側の海上が真っ赤に染まった。

味方の艦が沈められたらしい。

第七戦隊あたりの重巡かもしれない。

さらに、背後から爆発音が轟いた。

「『龍田』被弾！　遅れます」

見張員の報告に、後藤は苦悶の表情を見せた。

やはり蛇行しているとはいっても、敵弾をすべてかわしきれるものではない。

大口径の主砲弾が飛んでこなくとも、敵の戦艦と巡洋戦艦には副砲や高角砲、機銃があり、さらに数が少ないとはいえ、護衛の駆逐艦もいる。

どのみち射点につく前に沈められてしまうのではないか。

失望が後藤の胸中に広がった。

再び味方艦が沈められたらしい煙が遠方にあがる。後藤は言葉にならないうめきをあげた。

米英戦に備えて、これまで自分たちは血の滲むような訓練を繰りかえしてきた。

不平等とも思える建艦制限を受けた軍縮条約下でも、訓練に制限はない。戦力の劣勢は技量で補えばいいと、月月火水木金金の休日返上で決死の覚悟でやってきた。

それが、こうも簡単に踏みにじられてしまうのか。殉職者まで出しながら必死にやってきたことが、まったくの無駄で終わってしまうのか。現実は、ここまで酷なものなのか。

後藤の心中は、やるせなさで一杯だった。

後藤は『レパルス』と『プリンス・オブ・ウェールズ』を睨みつけた。まるで親の仇《かたき》を見るかの、刺すような視線だった。

その『レパルス』の艦影がおもむろにぶれたような気がした。

……失望のあまりに自分がふらついているのかと後藤は思ったが、そうではなかった。

「敵巡戦、被雷の模様」

「被雷!?」

信じがたい声を出す後藤の後ろから、水雷科下士官の快活な声が飛び込む。

「時間っ！　魚雷到達時刻なり」

(そうか。そうだったか)

苦しい状況のなかでも、自分の持ち場で全力を尽くす部下に、後藤は頭が下がる思いだった。

目の前のことに集中するあまりに忘れかけてさえいたが、靄のなかから放った奇襲の魚雷が、今ようやく到達したのである。

射程距離を伸ばすために調停速度を落としたことで、八〇〇〇メートルの距離を走破するのに八分あまりも要した。

その間に第一八戦隊は生きた心地のしない時間を過ごしていたのである。

そして、『プリンス・オブ・ウェールズ』の舷側にも白い水柱が突きたつ。

四連装と連装に分けた前部二基の主砲塔を隠すように水塊が盛りあがり、中世の城郭のような艦橋構造物や直立した二本の煙突などからなる英新鋭戦艦の艦影が揺れうごく。

第一八戦隊の戦果は、そこまでだった。

もう一、二本当たってほしかったと欲を言えばきりがないが、二隻各六射線、合計一二射線の遠距離雷撃で二本命中、命中率一七パーセントというのは立派な数字と言っていい。

第一八戦隊は、一番槍を見事に突きさしたのである。

「敵戦艦、敵巡戦、ともに速力低下」

丸茂と後藤は顔を見あわせてうなずいた。表情には精気が戻り、満足げで力強いうなずきだった。

新型戦艦の『プリンス・オブ・ウェールズ』はもちろん、装甲の薄い巡洋戦艦『レパルス』でさえも、被雷一本で沈むとは思えないが、浸水によって動きが鈍ることは免れまい。

うまくいけば艦体を傾斜させて、速力の低下を招くだけでなく、発砲も阻害することができるかもしれない。

実際、二隻の発砲は止んでいる。

この機会を逃す味方でもない。

「三水戦、突撃します！」

隊列は乱れているものの、複数の駆逐艦がいっせいに突撃を再開するのが見えた。迎撃の砲火に耐えながら、機会をうかがっていたのかもしれない。

高速で波飛沫を散らす姿は、獲物に向かう猟犬さながらであり、なかには艦首が海面から浮きあがろうとしている艦もいるようだった。三六・五ノットの高速力が自慢の初春型駆逐艦かもしれない。

「我々も中押し、駄目押しといこうか。本艦はまだやれるな？」

「はっ」

丸茂の言葉に後藤は姿勢を正した。

『龍田』は戦列外に去ったものの、『天龍』はまだ健在だ。砲力は多少衰えているものの、三連装二基の発射管は問題なく動かせる。魚雷もある。

肝心の雷撃は可能だった。

「目標、敵巡戦。雷撃距離五〇《ごまる》。突撃せよ」

「目標、敵巡戦。距離五〇で雷撃。突撃します」

後藤は復唱して伝声管にとりついた。

「機関長、両舷前進全速！　水雷長……」

『天龍』は再び速力を上げた。

艦齢二〇年を超える艦体が、最後の力を振りしぼるように加速する。

ただ、無理はできなかった。

機関の損傷はないものの、浸水によって最大でも三〇ノットを出すことは難しかった。

だが、今できることをするまでだ。全力を尽くして、可能な限り精一杯の行動をやりきる。

勝機は今しかない。それを絶対に逃しはしないと、後藤は双眸をぎらつかせた。

敵は発砲を再開したが、やはり照準が狂っているのか、有効な射撃には見えなかった。

『天龍』にも敵弾はいくつか飛んでくるが、舷側を抉ったり、艦橋を傷つけたりすることはない。

老兵はなお死なず、戦いつづけた。

やがて、『プリンス・オブ・ウェールズ』と『レパルス』の舷側に、高々と水柱がそそり立った。

水柱は、艦橋はおろかメイン・マストをも飛びこえて高みへ昇る。それだけの威力を示す証拠だった。炸裂の轟音はしばらくして、ずしりと『天龍』にも響いてくる。

基準排水量三二三〇トンと、けっして大きくない艦体が、しばししびれたようにさえ感じた。

水柱の規模が大きかったため、崩落するのにも相応の時間がかかった。

水塊がようやく消えかかったころに、代わって火災の炎が躍りだす。

颪に煽られた炎はそのまま艦体を焼いていく。

それが重複して、あるいは連続的に生じた。

「さすが、新型」

ぽつりと後藤はつぶやいた。

先の第一八戦隊の雷撃と比べて、被雷の規模は桁違いだった。

装甲の薄い『レパルス』は艦首が切断され、『プリンス・オブ・ウェールズ』もその場に停止している。

その様子からして、命中したのは日本海軍が世界に誇る酸素魚雷とみて、まず間違いない。

『天龍』の六年式五三センチ魚雷よりも直径で八センチも太く、速度、射程、威力、隠密性、すべての点で上まわる酸素魚雷が、ついに敵の主力艦艇に牙を剥《む》いたのである。

三水戦のなかでも白露型駆逐艦のみが装備する秘匿兵器だったが、それが見事に勝負どころで真価を発揮した。

予想はされていたものの、その威力を実戦でまざまざと見せつけられると、敵のものでなくてよかったと安堵の気持ちも湧いてきた。

これが海戦の勝敗を決する一撃となった。

「魚雷発射用意……射《て》っ」

炎上する目標へ向けて、『天龍』は僚艦ともどもとどめの雷撃を放った。

白い航跡が一直線に目標へ伸びた。

艦首から波間に飲まれはじめた『レパルス』は、最後には艦尾を垂直に立ちあげて海底へ沈んでいった。

『プリンス・オブ・ウェールズ』は航行不能になって複数の魚雷を食らっても、なおしばらく海上に浮いていた。

修羅場と化す艦内で、退艦する者たちと艦と運命をともにしようとする指揮官との間で、悲痛な会話が交わされたというが、それが日本側に伝わったのは戦後しばらくしてからのことである。

「マレー沖海戦」と後に命名されることになる海戦は、こうして終止符が打たれた。

この海戦により、対艦攻撃においても大きな効果が示された航空攻撃も、天候に左右される絶対的なものでないこと、近年各国で積極的に開発されはじめている電波兵器のような補助兵器が、場合によっては戦況を大きく左右するほどの役割を得つつあることが戦訓として残されたが、これらは今後の世界大戦の行方にも大きな影響を与えていくことになる。

世界全体を浸食する戦場は、日々めまぐるしく動いていたのである。

第五章
ターンオーバー

一九四二年一月一〇日　横須賀

連合艦隊司令長官古賀峰一大将は、臨時に将旗を掲げた軽巡『大淀』の艦内で沈思黙考を続けていた。

従兵も含めて、人払いは完全になされている。それだけ古賀につきつけられた課題は、重大な機密事項だった。

前長官山本五十六大将が開戦劈頭のマーシャル沖海戦で戦死したことに伴い、その後任として古賀は親補された。

古賀が親補された理由は、言うまでもなく南遣艦隊を率いてマレー沖海戦を戦い、イギリス東洋艦隊を撃滅した功績によるものである。

しかし、古賀は連合艦隊司令長官就任という栄転をはじめ固辞した。

マレー沖海戦の勝利は配下の水雷戦隊の機転と敢闘によって得られたもので、艦隊司令部の貢献度はないも同然である。よって、自分は昇進昇格に値する者ではない。

それが古賀の言い分だった。

もちろん、これは謙遜であって、敵艦隊を捕捉するために危険を承知で艦隊を分散した英断や、水雷戦隊が理想的に活動できる環境を用意したことは、南遣艦隊司令部の働きであることを忘れてはならない。

古賀は直接的に旗艦に座乗して敵戦艦を撃沈したわけではなかったが、自分の役割をきっちりと果たしていたのである。

とうの南遣艦隊配下の戦隊司令部からも、こうした古賀の評があがり、なおかつほかに適役もいないとの説得もあって、ついに古賀は連合艦隊司令長官就任の話を受諾した。

しかしそのとき古賀は、まさか自分が戦場という現場を超えて国際関係、さらには歴史そのものを転換しようという動きに深い関与を求められることになろうとは、想像だにしていなかった。

もっとも、すでに古賀はこの時点で世界と歴史を変えるきっかけを、自ら作りだしていたのである。

（まさか、こうした展開になろうとはな）

古賀は深く息を吐いた。


一寸先は闇という言葉はよく用いられるが、まさにそのとおりだと思う。

それはマレー沖海戦直後に、イギリスが震源地となって広がった。

欧州でドイツ、イタリアと孤独な戦争を続けていたイギリスの最高指導者ウィンストン・チャーチル首相が急死したのである。

死因は公にされていないが、心不全という情報が水面下から伝わっている。

チャーチル自身「不沈艦」と豪語していた戦艦『プリンス・オブ・ウェールズ』が緒戦であっさりと、しかも敵駆逐艦に沈められたということ、そして『プリンス・オブ・ウェールズ』の沈没が象徴するように、アジア方面に睨みをきかせるはずの東洋艦隊が一日にして消滅してしまったこと、さらに東洋艦隊司令官トーマス・フィリップス中将が旗艦と運命をともにして帰らぬ人となったこと、チャーチルには衝撃的という言葉では言いつくせない精神的な打撃が襲ったのである。

特にフィリップスの戦死は、チャーチルを絶望の淵に叩きおとしたらしい。

フィリップスは「親指トム」の愛称で知られる小柄な提督だったが、チャーチルのお気に入りの人物であった。

本国司令部の要職についていたフィリップスを東洋艦隊司令官としてアジアに送りだしたのも、そこで功績をあげさせて箔をつけ、ゆくゆくは海軍のトップに据えようという、チャーチルのはからいだったらしい。

それが最悪の形で突如、終焉を迎えたとあっては、動揺しないほうがおかしい。

結果、チャーチルはこの世の人ではなくなった。

当然、その影響は日本にもおよぶ。

だが、その影響が桁違いの規模で、かつ仰天するような筋書きでふりかかってきたとあっては、古賀も冷静ではいられなかった。

その源が懐にあった。

駐日ドイツ武官へニング・トレスコウ少将が携えてきた親書である。

政治的な話としてトレスコウが接触してきたとき、正直はじめは訝《いぶか》しく思った古賀だった。

古賀は海軍の要職にあるとはいえ、権限は実戦部隊にしかおよばない。中央政府にはもちろん、軍政にすら口を出せる立場ではないのである。

だが、幾度か互いに部下をとおしたやりとりを繰りかえし、胸の内を探るうちに相手の意図が徐々にわかってきた。

アドルフ・ヒトラーの独裁政権下にあるドイツにも、反体制派は存在する。それは政治家や学者のみならず、軍高官にも浸透しており、強権的なヒトラーの政治手法や過度な排他主義に疑念や危惧を抱く共通の思想で結びついているという。

たしかに、古賀もそうした類の話は寝耳に水というわけではなかった。

古賀の一期下にあたる海兵三五期でドイツ駐在の期間が長い野村直邦中将から、ヒトラーの私兵ともいえる武装親衛隊が「黒いオーケストラ」なる組織を注視、警戒しているとの情報も寄せられていた。

もっとも、それを聞いたときはどこの国にもある体制批判的な野党勢力だろうと、古賀は気にもとめなかった。

しかしそれは、こうして同盟国の者にまで接触してくる、かなりの規模の組織であった。

彼らによると、ヒトラーとムッソリーニはイギリスが混乱に陥っている隙を衝いて、バルバロッサ作戦を発動しようとしているという。

バルバロッサ作戦とは、西に全力を向けている軍を東にとって返し、独ソ不可侵条約を破棄してソ連を急襲する作戦だという。

これによって、ナポレオンすらなし遂げられなかった大陸における欧州全域を支配下に収めるという、野望を達成することになる。

しかし、ヒトラーやムッソリーニが安易に考えているほど、ソ連は脆弱《ぜいじゃく》な相手ではない。

ソ連の国土は広大で、その全域まで軍を行きわたらせるのははなはだ困難であり、なおかつソ連には冬将軍という強大な自然の味方があって、打倒はきわめて難しい。

それに対して犠牲と消耗は、はかりしれない。東部への戦線拡大はドイツとイタリアの崩壊を招きかねない。

これが「黒いオーケストラ」の主張だった。

その考えに同意する旨を古賀が返信したことで、話は核心へと進んだ。

古賀はさすがに驚いた。

古賀にあてられた親書には、ドイツ国内予備軍参謀長フリードリヒ・オルブリヒト大将の署名があり、信憑性を疑わせるものではないことに加え、さらなる高級将校の関与も匂わせていた。

「黒いオーケストラ」は単なる地下組織といったちっぽけなものではなく、相当の実力を持つ反体制組織なのであった。

これでは、もちろん正式な外交ルートで話などできるはずがない。組織摘発の種をまくようなものだ。だから彼らは極秘裏に古賀個人に接触した。

そして古賀に求められたのは、ヒトラーとムッソリーニの排除。それを日本海軍に実行してほしいというものだった！

より簡潔に言えば、暗殺計画「ワルキューレ」作戦のもちかけと実行犯としての取り込みということになる。

驚きのあまり、卒倒するほどである。

見返りは、当然ある。見合うだけのものは準備する。それは単なる物資にとどまらず、戦略的な協定や領土、領海、領空に関わる政治的取引も含んでのことだった。

そこまで考えた壮大な計画だった。

視野が広く、大局的な見地での判断力があり、やみくもに戦《いくさ》を求めず信頼できる人物として、野村が古賀を紹介した末のことだったが、野村は意図的かどうかは別として、直接的ではないにせよ、この陰謀に関わったことになる。

同盟国の指導者を暗殺するなど前代未聞。国際的にも歴史的にも絶対に明らかになってはいけない、ときのはざまにでも葬らねばならない陰謀だった。

古賀は苦悩した。苦悩して当然だった。古賀個人が抱えるにはあまりに重く、重すぎる難題だった。

しかし、ドイツとイタリアが崩壊すれば、やがて日本も滅びる。

対米戦には同盟国の存在が必要不可欠である。計画が成功した際の「報酬」があれば、先も見えてくる。

それに対して、日本一国でアメリカを相手にすれば、結末はもう見えている。

惨めな敗戦と亡国である。

日本の独立と尊厳は失われ、よくてもアメリカの属国、下手をすればアメリカの植民地と化してしまうかもしれない。

それを避けるためには、ドイツとイタリアの崩壊を阻止する必要があった。

そして、古賀はそのきっかけを作った張本人であり、歴史を変える歯車をすでにまわしはじめてしまった男なのである。

傍観、あるいは目を背けることなどできない。責任をもってその歯車をまわしきり、理想の結末へと導く義務が自分にはあると、古賀は覚悟を決めたのだった。

もちろん、古賀が一人で実行できることではない。思想、信条に問題がなく、口が堅く意志の強い部下をごく少数厳選した。

そのうえでドイツ側と綿密に計画を練って実行に移す。

時間的猶予はあまりなかった。

一九四二年四月一五日　ドイツ東部

紡錘形の増槽が切りはなされた。

わずかに残っていた燃料が空中に飛散し、七色の輝きを見せる。

（くそっ。やはり、ろくでもないことだった）

操縦桿をしっかりと握りながらも、海軍特務少尉藤見蓮司は毒づいた。

（いくら零戦の航続力が特別だからって、片道一〇〇〇キロ近くを一人で飛ばせなんて、正気の沙汰じゃねえ。しかも、ここはもう盟邦ドイツの領内だろうに）

極秘の特務指令を受けた藤見は、空母『飛龍』を降りて欧州へと派遣された。

ある要人が乗った大型機を撃墜せよ。場所がどこであろうと気にする必要はない。指示された地点を離陸し、指示された方向へ飛び、指示された目標を撃墜する。余計なことは考えるな。

藤見はそのように申しわたされた。

要人と聞いたとき、直感の鋭い藤見は嫌な予感がした。

「そんな任務はほかの誰かに頼んでくれ」と言いたいところだったが、当然、藤見には断る余地など残されていなかった。

話を聞いてしまったからには、黙って実行して、かつその記憶を消去するか、あるいは永遠に眠ってしまうかのどちらかだ。

藤見はそう脅迫を受けて、強制的に任務に駆りたてられた。

藤見の腕と精神力を見込んでの指名だったが、藤見にしてみれば迷惑以外のなにものでもなかった。

この任務は軍務ではない。藤見にとっては、自分の命を守るための強制労働だった。

自分がいた海軍は、こんな腐った組織だったのかと憤《いきどお》りも感じたが、とにかく生きていなければ明日はない。

「仕方がねえ。やってやろうじゃねえか！」と、藤見は開きなおって従事することにした。

見返りとして用意されたのが、特務少尉への昇進と客観的に見ても充分な現金報酬だったが、やはり「任務」は異常このうえないものだったようだ。

日本海軍の零戦――零式艦上戦闘機二一型は世界で唯一の戦域制空戦闘機ともいえ、三三五〇キロメートルにおよぶ航続力を誇る。これは一般的な欧州の戦闘機の三倍から五倍にもあたる破格の性能であった。

目標の航路周辺には小規模な野戦飛行場が点在するものの、それらは当然厳重な警戒下にある。「不明機」の離発着など、まず不可能だ。

よって、戦闘機を飛ばすには警戒の緩い遠方の飛行場から離陸させる必要があるが、並みの戦闘機では航続力不足で「任務」遂行は困難。

そこで、「首謀者」は日本海軍の零戦に目をつけた。

そこから日本海軍への計画打診――簡潔に言えば、謀略への抱き込みが始まったというわけだ。

謀略と言えば聞こえは悪いが、国を憂えて、その行く末を案じての決起であることを忘れてはならなかった。

こうして藤見は零戦を飛ばしてきた。

無論、ひと目で零戦とわかっては都合が悪い。部隊マークもなにもない、機首から尾翼まで、主翼の端から端まで、白く塗りつぶされた異様な塗装のいでたちは、まるで死装束だった。

最悪、ドイツ軍の手に渡っても、拿捕《だほ》された機だなんだと言い訳ができるのだが、それも藤見は気に入らなかった。

「機体はごまかしても、俺はどうなるっていうんだよ。結局、死んでくれってか。こんな白塗りでは死人同然だからな。ええい！」

藤見は悶々とした思いを抱えたまま、操縦桿を握りつづけた。

そのときが来たら、派手に銃撃してうさ晴らしするつもりだった。

片道だけで一般的な欧州機の航続力の倍近くを飛んだことになるが、信じがたいことに目標は予定の空域に予定どおりに現れた。

提供された情報の信憑性が驚くほど高かったということだ。中枢に近い内通者がいることをうかがわせたが、藤見にとっては護衛機が確認できたほうが問題だった。

双発の輸送機の前後を単発の戦闘機二機が守っている。

(どうする?)

素早く頭のなかで戦術を組みたてる。

目標はあくまで輸送機である。護衛機は撃墜にこだわらない。放っておいてもかまわない。

下手に相手をして燃料を浪費すると帰りが不安になる。できるだけ奇襲を成立させて、一撃で仕留めたい。

雲はほとんどなく使えない。気象条件で使えるのは昼間の太陽だけである。

となれば……。

藤見はいったん機を降下させた。斜め下から目標を突きあげるようにして銃撃するつもりだった。

空戦の基本戦術には、太陽を背にして戦えという鉄則がある。しかし、それはあくまで対戦闘機戦における目くらまし的な効果を狙ったものだ。

影をつくったり、陽光を反射させたりして、敵に発見されるきっかけをつくる愚行を避けるほうが優先と藤見は判断した。

一度沈んだ機首を引きあげ、上昇軌道にのる。スロットルを開いて加速する。風防を締めつける風圧が高まる。

同じ大気のはずだが、アジアの風に比べて欧州の風は冷たく重い気がした。

「む!」

護衛機の反応は予想以上に早かった。

射点に近づこうとする以前に二番機が反転してくる。機首が細く、角ばった風防が見える。

ドイツ空軍の主力戦闘機、メッサーシュミットＢｆ１０９だ。

（友軍機と真剣勝負することになるとはな）

藤見は己の運命を呪った。

数多い日本海軍の戦闘機パイロットのなかでも、ドイツ軍機と実弾を使って勝負したのは、自分が初めてのはずだった。

「よほど幸運なのだな、俺は。よ、ほ、ど！」

自虐的につぶやきながら、藤見は二番機と対峙《たいじ》した。

（まだだ。まだ……！）

二番機の発砲と同時に、藤見はロールをうってかわした。

死装束となった腹の下を、真っ赤な火箭が突きぬけていく。幾多のイギリス軍機を葬ってきたマウザー二〇ミリ機関砲の射撃である。

航続力と機動性を優先して、徹底的な軽量化がはかられた代償として造りが華奢な零戦では、まともに食らったら空中分解しかねない。

猟犬さながらの勢いで降下していく二番機とすれ違う。

応戦する藤見の銃撃も、二番機を捉えることはない。轟音が両耳に飛び込み、押しよせる大気の塊に機体がきしみ音を発する。

藤見としては計算どおりであり、そのまま目標に接近して、銃撃を浴びせるつもりだったのだが。

「今度は貴様か！」

一番機が猛速で眼前を横ぎっていく。

衝突を避けるため、大きく旋回した藤見機は完全に射点を外した。

目標が視界外に逸れていく。

「くそっ」

ひと太刀をふるって任務完了、速やかに離脱、というシナリオはもろくも崩れた。

だが、任務失敗が確定したわけではない。

「ならば、これで」

藤見は上昇して宙返りをかけた。垂直降下による一撃を見舞って撃墜しようという狙いだった。目標が照準環に入りかける。

「！」

そこで藤見は、風防ガラス越しに強い殺気を感じた。咄嗟にフットバーを蹴り、操縦桿を傾けて機体をひねる。

銃撃音とともに、主翼の先を真っ赤な礫《つぶて》がかすめた。それを追うようにして一番機が通過する。

続けて、追いうちをかける二番機の銃撃が迫る。目標をかろうじて視認したが、銃撃には至らない。護衛する一、二番機の銃撃をかわすので精一杯だった。

「こいつら、いったい」

熾烈な空戦のなかで、じわじわと疑問が湧きあがってきた。
一、二番機ともパイロットはかなりの腕前である。もちろん要人機の護衛となれば、それなりに優秀な者が割りあてられて当然だが、それにしてもかなりの手練れである。
腕に覚えのある藤見も、下手をすれば翻弄されかねない相手だった。

それに目標の輸送機も、とても普通のものとは思えなかった。

そう、藤見の目標である「輸送機」は、表向きルフトハンザ向け旅客運送機として開発されたものの、ヒトラーの再軍備宣言とともに高速爆撃機に早変わりしたドルニエDo17だった。

機首にダイヤモンドカットと呼ばれる複雑な多

面体で構成したキャビンを置き、そこから伸ばした棒状の胴体に、細い主翼とH形の双垂直尾翼を組みあわせた姿は独特である。

きわめて細い胴体から、空飛ぶ鉛筆というあだ名がついたと言われている。

「これは」

明らかな軍用機でありながらも装備が華美で、この護衛……。

「もしや」

藤見の直感は、目標がただならぬものであることを告げていた。

「要人」という枠に収まりきらない究極的な標的――ドイツ第三帝国総統アドルフ・ヒトラーではないのか?

自分に課せられた任務は総統専用機を撃墜して、ヒトラーを亡き者にせよということではなかったのか。

予想というよりも確信だった。

そう考えれば、今の異常な状況の説明がつく。盟邦の領内に潜入しての極秘活動。国や海軍としての組織だった行動とはかけ離れた、まるで死人としての陰の活動。

「冗談じゃねえ。俺にいったいなにをさせようっていうんだ! 同盟国の最高指導者を墜落死させたら、どうなる」

そこで藤見は、はっとして目をしばたたいた。

それが目的だ。ドイツの政治形態を、ここで劇的に転換する。

ヒトラーがいなくなれば、侵攻と拡大、反英という基本政策は少なくとも滞る。もしかすると、一八〇度ひっくり返ることもありうるかもしれない。

国の進む方向を、ここで強制的にねじ曲げようというのか。そうなれば日本が受ける影響もはかりしれない。

中国の三国志に代表されるように、争いを勝ちぬくには誰と組んで誰と争うか、敵と味方の区別を入れ替え、流れを読んでの判断が必要となる。

知謀策謀を駆使した駆けひきである。

戦争はただ兵を進め、銃を撃ち、砲を放つだけではない。それ以上に、効率よく戦うための戦略が優れていなければ勝利はつかめない。

戦史と世界が、ここで変わる。

その引き金に自分は指をかけている。

「やってやろうじゃねえか。やってやるよ。この歴史を転換する大役は、この藤見蓮司様が引きうけた!」

ただ、護衛のBｆ１０９は手強い。一対二ということもあって、銃撃で護衛機を排除することもままならない。

藤見は二機の動きを注視した。攻撃のパターンを思いかえして対策を練る。

Bｆ１０９一番機と二番機が、縦と横から時間差をつけて向かってくるようだ。

まず、横方向から迫る二番機の銃撃を、上昇をかけて避ける。そこに一番機が待ちうけているのだったが。

「これで、どうだ」

藤見は反転を繰りかえしながら垂直降下をかけた。アプシュワンと呼ばれるアクロバティックなテクニックだった。

Bｆ１０９二機は勇み足を踏むようにして、有効射程外に離れていく。

(やはりな)

藤見はBｆ１０９の飛行特性を見抜いていた。細く薄い主翼は高速性を追求したゆえの形状である。その反面、表面積が乏しいということは、大気を受けとめての旋回性能はけっして高くないことを意味するはずだ。

　すなわち、Ｂｆ１０９は直線的な速度性能は優秀でも、格闘性能は特筆されるほどの零戦には遠くおよばない。

　それが、ここで証明された。

　Ｄｏ17を背にしたことも銃撃をためらわせる効果があったはずだった。

「よし」

　藤見は機を反転させてＤｏ17を銃撃した。

　両翼から口径二〇ミリの太い火箭が噴きのび、Ｄｏ17の尾翼から胴体にかけてひと薙ぎした。

　尾翼の一部が吹きとび、細い胴体から黒色の破片が散っていく。

　だが、そこで突然、発射把柄《レバー》からの手応えがなくなった。両翼に閃く発砲炎が消え、ぶれていた照準環もぴたりと静止する。

　弾切れである。

「こんなときに！」

　命中時の威力は高いが携行弾数が少ないという二〇ミリ機銃の欠点が、この重要局面で露呈した。

「貴様たちに用はない！」

　戻ってくるＢｆ１０９二機を確認して、仕切りなおしとする。

　まだ機首の七・七ミリ機銃がある。諦めるつもりはなかった。

　しかしＢｆ１０９のパイロットからすれば、護衛するＤｏ17を撃墜されるわけにはいかない。

　その後の空戦も熾烈だった。

　二番機を避けながら藤見がＤｏ17に近づけば、牽制する一番機の銃撃が遮る。

　藤見が一番機に追いつめられたふりをして二番機に奇襲をかければ、二番機は急降下で逃れていく。それを幾度か繰りかえした後に、藤見はかすかな勝機を見出した。

一、二番機の航路が重なり、二番機の速度が束の間、鈍った。
一番機の銃撃を左斜め上昇でかわしたところで、藤見はそのままループに入った。

右のフットバーを踏んで機体をスライドさせる。機首が下を向きはじめたところで、左のフットバーを踏みつつ、操縦桿を右に倒す。

ごく短時間の操作だったが、機体を引きおこしたときには、二番機は藤見機のすぐ前、拝む形に占位していた。

「左ひねり込み」と呼ばれる大技である。

「ここだ！」

藤見は間髪いれず、発射把柄を握った。

機首に連続した発砲炎が閃く。

軽い銃撃音を耳にしながら、藤見はしっかりと機を固定した。

七・七ミリのか細い銃撃では、一撃で目標に致命傷を与えるのは難しい。散発的な命中では防弾鈑に弾かれかねず、特定箇所への銃撃を集中させる必要があった。

重量一一・二グラムの銃弾が続けざまに風防ガラスを叩く。

初めは耐えていた風防ガラスにもひびが入り、破片を飛ばす。

次の瞬間、藤見はその向こうに鮮血らしき赤い飛沫が飛んだのを見たような気がした。

銃弾そのものがパイロットを傷つけたのか、あるいは割れたガラスがパイロットの肉体を切り裂いたのかはわからないが、二番機はバランスを崩して消えていく。

もはや戻ってくることはなさそうだ。

撃墜に歓喜することなく、本命のＤｏ17にとりつく。

Ｄｏ17も必死に防御火器を振りまわしてくるが、

藤見はなんなくそれをかいくぐって、七・七ミリ弾を突き込む。

翼下のエンジンに細い火箭が吸い込まれていく。うっすらとあがった黒煙は、すぐに炎にとって変わった。

プロペラの回転が止まり、片肺飛行となったDo17は大きく傾いた。

操縦者はそれでも機体のバランスを維持しようと努めているように見えたが、先に尾翼を損傷していることもあって、立てなおしはきかなかった。

Do17は見る見る高度を下げ、そのまま大地への激突コースをたどっていった。

一番機が引きかえしてくる。護衛任務に失敗して意気消沈するのではなく、逆に怒りくるっている様子だ。

貴様は絶対に生きてかえさん。せめて貴様を撃墜せねば、自分の気がおさまらん。そんな強い殺気を感じさせた。

「もういいだろう。貴様と戦う理由はもうない!」

藤見は、その後のことをよく覚えていない。

執拗に追ってくる一番機を振りきろうとしながら、離脱したのはたしかだった。

気がつくと燃料計の針はゼロを指し、機体は穴だらけだった。

一番機はいつのまにか消えていた。向こうも残燃料に不安が出て、引きかえしたのだろう。撃墜した感覚はなかった。

帰投を指示された小規模な飛行場が見えてきた。滑空して間にあわせたいが、やや遠い。

自力の推進力がないため、勝手に高度が下がってくる。それでも進路と角度を調整して、着陸に備えていく。

「ちっ」

そこで、またもや問題が発覚した。

主脚が展開できない。被弾による損傷か衝撃によるものか、左右の翼内に収まった主脚はうんともすんとも言わなかった。

「最後までこうかよ。わかったよ。もうわかった！」

あきれと苛立ちが藤見を激しく揺さぶった。

しかし、ここで自暴自棄になって死ぬつもりは毛頭なかった。

「神様が俺を殺そうとしていたとしても、俺は死なんぞ。藁《わら》にすがってでも生きのこってやる」

まさに這ってでも、もがいてでも、生きることに執着しようとする藤見だった。

そうした考えはこれまでなかったが、それが気に入らない運命に対する、せめてもの抵抗だと思った。

「胴体着陸でもなんでも、やってやるよ」

滑走路が近づいてくるが、それ以上に高度が下がるのが速い。

「駄目か……じゃねえ。全然問題なし！」

藤見は歯を食いしばって踏んばった。

フラップを最大限に下げて速度を落とす。

地表が目の前に来たと思った瞬間、足下から痛烈な衝撃が全身に広がった。

住友ハミルトン可変ピッチ三翅プロペラが折れ、大量の土砂が前面ガラスに降りかかる。

低翼式の主翼は激しく地面とこすれて、濛々《もうもう》と土煙をあげていく。

機体は一、二度跳ねて、柔らかい土にめり込むようにして止まった。

藤見が操縦した死装束の零戦は、滑走路手前の畑に不時着した。

硬い地面ではなく、耕された軟質の土壌がかえって衝撃をやわらげてよかったのかもしれない。

藤見は目を開き、両手両足が動くのを確かめた。大きく息を吸って叫ぶ。

「ざまあみろ！　俺は生きのこった。俺は不死身の蓮司様だ。わかったか」

歴史を大きく変える大仕事をやり遂げた。世界の大転換が始まるきっかけをつくった。

そんな意識は、どこかへ吹きとんでいた。

生きていれば未来がある。

世界が国がどうこう以前に、藤見は自分自身の明日を手放さなかったのである。

同日　ティレニア海

ドイツ第三帝国総統アドルフ・ヒトラーが乗った総統専用機が撃墜されたころ、イタリア半島の西側に広がるティレニア海に一隻の潜水艦が浮上した。

海水をしたたらせながら、艦首と司令塔が海面上に顔を出し、艦は浮力のバランスをとっていく。

それはドイツのUボートではなく、イタリアやイギリスの潜水艦でもなかった。

艦体全体を薄い灰白色に塗りつぶされた潜水艦には、国籍や部隊を示すマーキングはいっさいなかった。極秘の特殊任務を負っているがゆえだった。

ハッチが開き、夕刻の薄暗くなりかけた海上に人影が見えかくれしはじめた。

囁《ささや》くように交わされる指示と報告の声が聞こえる。イタリア語でも英語でもなく、日本語だった。

狭い甲板上で、迅速かつ効率的に作業が進められる。胴体が形成され、主翼が展開される。できあがってきたのは航空機である。

浮上したのは日本海軍の乙型潜水艦だった。

乙型潜水艦は大型で重武装かつ、水上高速性能と長大な航続力をあわせ持つ巡洋潜水艦に類別される、日本海軍の主力潜水艦だった。

全長一〇八・七メートル、水中排水量三六八八トンの艦体に一四センチ砲一門、二五ミリ機銃二挺、魚雷発射管六門の武装を施している。その発射管は前部に集中させる攻撃的な配置である。

一六ノットで一万四〇〇〇海里という航続力は、日本から欧州まで無補給での到達を可能とするものだった。

しかしながら、今回の極秘任務に必要だったのは、こうした雷撃力や航続力ではなく、日本海軍の潜水艦が持つ独特の航空機運用能力だった。

日本海軍は世界各国の海軍に先がけて、潜水艦への航空機搭載を進めてきた。

潜水艦の持つ隠密性と航空機の持つ広い活動範囲を組みあわせることによって、洋上遠くでの索敵や敵泊地偵察を容易にするためだった。

艦隊決戦前の敵陣容の把握やピンポイントの奇襲攻撃なども期待される任務のひとつである。

乙型潜水艦はこのため、航空機を射出するカタパルトを前甲板に設置している。

こうした独特な発想があってこそ、可能となった今回の任務だった。

「そろそろいけますよ、少尉」

(少尉か。悪くない響きだ)

海軍特務少尉戸川耕吉は太い眉を動かして、にやりと笑った。

古武士的な豪傑然とした顔が束の間、緩む。

実は戸川は、ここにいるはずのない男だった。空母『飛龍』戦闘機隊を離れて、戸川の軍籍は宙に浮いたままだった。

戦傷や病気を患って長期療養中というのが、表向きの戸川の扱いだった。

もちろん、それはこの特命を実行するうえでのカムフラージュにほかならない。

その見返りが特務少尉への昇進だった。

日本海軍には大きく分けて、ふたつの人事コースがある。

ひとつは海兵団に入隊して兵からたたきあげるコース、もうひとつは海軍兵学校を卒業して士官候補生からスタートするコースである。

戸川は正確に言えば、その間となる下士官パイロット養成が目的の予科練出身であるのだが、どちらかといえば前者に近い。

そうしたたたきあげのコースでも士官、いわゆる尉官以上に昇進する制度は存在するが、実際には兵や下士官にとって士官昇進はきわめて狭き門だった。

もちろん、戸川は昇進という報酬に目がくらんで、この任務を引きうけたわけではない。

きわめて重要な任務を遂行する者として、自分に声がかかったという名誉が、戸川を突きうごかした。

くしくも同期の藤見蓮司特務少尉も同様の極秘任務に従事していたが、戸川も藤見もその事実を知らない。

動機は多少違ったが、空母『飛龍』から抜擢された二人が国の行く末、ひいては世界の行く末を大きく左右する重大任務を遂行していたのである。

所属も階級もわからない新品無垢の飛行服に苦笑いしながら、戸川は身構えた。

カタパルトが作動し、戸川が乗った一五試水上戦闘機改――後に制式化されて『強風』と名づけられる水上戦闘機が、夕暮れ迫る海上に射出された。

操縦桿を引きつけ、スロットルを開く。火星一三型エンジンが、快調に回る音が聞こえる。

強風は水上戦闘機の設計、生産に長けた川西航空機が開発した、本格的な水上戦闘機だった。

開発目標は、水上機でありながらも陸上発着の戦闘機にも劣らぬ速度性能と運動性能をあわせ持つという、単純ながら非常に高いものだったが、川西の設計陣は類稀なる熱意と創意で、見事にそれをクリアしてみせた。

その試作機を今回の任務のために、より細かく分割できるよう改装した特別仕様機が、戸川に与えられた一五試水上戦闘機改というわけだ。

指示どおりに低空を保って陸地に入る。

陸上から発見される確率は高いが、敵の防空という意味からは、発見され難く、攻撃され難い低空飛行は航空の原則だった。

陸軍のパイロットは地上の目印を頼りに飛ぶ地《ち》文《もん》航法を基本とするが、海軍で天測航法を会得している戸川にとって、地形の変化などは確認不要だった。

決められた速度を保ち、決められた時間で変針する。

「お迎えはなし、か。ええだろう。友軍機に撃墜されたとあっては、洒落にもならんからなあ」

そう、ここは盟邦イタリアの領内であるが、飛来の事前通知などしているはずがない。

防空を担うイタリア空軍から見れば、戸川機は排除すべき領空侵犯機なのである。

盟邦の領内に潜入して作戦行動を実施する。ゆえに友軍も警戒対象であって、攻撃を受ける危険性はきわめて高い。

そこに、今回の任務の異常性が表れていた。

「さっさと終わらせて帰投せんと」

そう思いつつも、戸川に焦りはなかった。

完全な危険空域に自分は踏み込んでしまったが、それ以前にここに至るまでの作戦計画も、狂っているとしか思えないものだった。

さすがにイギリスが実効支配しているスエズ運河突破という暴挙はなかったが、乙型のような大型潜水艦で狭いジブラルタル海峡を通過するときは、生きた心地がしなかった。

哨戒機が現れて爆弾を叩きつけられたり、駆逐艦に頭をふさがれて爆雷を浴びせられたりと、逃げ場はなく、いつ絶望の淵に追いやられるかと、寿命が五年は縮まった思いだった。

しかし、ジブラルタル海峡を厳重に見張っているはずのイギリス軍に動きはなかった。

海峡通過前後に、ドイツ軍やイタリア軍に接触することもなかった。

この作戦を手引きしている者たちの工作活動によるものと思われるが、イタリア空軍がおとなしくしているのも、そのためかもしれない。

ただ、だからといって過信は禁物である。

潜水艦の狭い艦内に何カ月も閉じ込められたあげく、日本から遠く離れた欧州の地に散骨という結果では、死んでも死にきれない。

成仏できずに異国をさまようなど、それこそ悲劇をとおりこした喜劇になりかねない。

戸川は再度、周囲を見まわした。

異常はない。

北アフリカ戦線で活躍しているという空冷単発のマッキMC200サエッタや液冷単発のMC202フォルゴーレが、発砲炎を閃かせながら来襲することはなかった。

あたりの薄暗さは増し、夜光塗料を塗った時計の針がくっきりと浮かびだす。

（そろそろ……あれか）

目的の場所と時間に、しっかりとそれは存在した。銃撃目標とされた車列である。

上昇して確認すると、五台くらいが一列になって進んでいるように見えた。

戸川の任務は、盟邦イタリアの領内に突入して車列を銃撃せよ、というものだった。

作戦は秘密裏に遂行する必要があるため、参加機数は単機、単独での実行になる。目的とする車列に銃撃を浴びせ、乗車する「標的」を確実に抹殺することと、戸川は説明を受けた。

作戦の核心部分、目的の中心については教えられていない。

「標的」が誰なのか気になるのが自然というものだが、知る必要はないと開示を拒否された。

同時にそれを知ってしまうと、作戦の成否に関わらず、国には戻れなくなる。最悪の場合は、任務遂行後に「自殺してもらう」との脅迫めいた申しわたしを受けて諦めた。

「まあ、それならそれでいい」と戸川は割りきった。

所詮、自分は下級士官の補欠程度にようやくなった身でしかない。戦略方針は雲の上のお偉方が決めるものだ。自分は与えられた任務を着実に遂行するだけなのだと。

「では、始めようかい」

戸川は機体を緩降下させた。

このときに昼の明るさが失われているのが、戸川にとっては幸いだった。

車列と車の様子がはっきりとわかれば、標的がどういう人物なのかは予想がつく。

アドルフ・ヒトラーの総統専用機を撃墜した藤見蓮司特務少尉のように、銃撃目標が盟邦の最高指導者なのではないかと知れば、冷静でいられるほうがおかしい。

淡々と任務を遂行できる戸川は、ある意味幸運だった。

粛々と機械的に任務を遂行する。照準環を覗き込み、機銃の発射把柄に指をそえる。

「今ごろ」

航空機の不審な行動を察知して車列が乱れたが、かまわず戸川は銃弾を送り込んだ。

橙色の火箭が夕闇を貫き、最後部の車から前方に向かって縦断する。

車列は散開しようとしたようだが、そもそも道幅が広くないために、それはかなわない。

むしろ先頭車が道をふさぐ格好となって、後続車両が行きづまる。

なかには追突したものもあるようで、戸川にしてみれば好都合だった。

素早く反転して第二撃を加える。

車から慌てて出てきた者が銃弾を浴びてのけぞり、あるいは地面にうずくまって動かなくなる。

また、ある者は半開きにしたドアにもたれかかるようにして息絶える。

二往復めに入ったところで、散発的に銃弾が上がってきたが、それも戸川の一連射で沈黙する。


人による即席の銃撃と航空機に備えつけられた固定機銃とでは、精度も威力も比較にならない。

やがて燃料が引火、爆発して前後の車が燃えあがった。炎はまたたく間に拡大して、車列全体を包んでいく。

炎のなかに、いくつか動くものが見えたような気がしたが、それも黒褐色の煙と真っ赤な炎にかき消されていく。

外に逃れた者は見受けられない。

戸川の任務は完全に成功したのである。

こうして同盟国の最高指導者を暗殺するという、前代未聞の作戦は成功裏に終了した。

さまざまに歪みながらも、世界の構図とバランスをとっていた杭《くい》は強制的に引きぬかれ、変化の大波が各国に押しよせる。

血を流し、命を奪い奪われる戦争の裏で、謀略が渦巻く。

武力だけでは戦争に勝つことはできない。

高度な戦略の陰には、綿密な調査と優れた分析結果、そして方向性を決定づけるたしかな根拠が存在する。

知力と知略なくして、生きのこることはできない。

待ちうける未来は安穏とした平和の世界か、あるいは混沌とした破壊の世界か。将兵の不安をよそに、時を刻む針は進みつづける。

どこまでも正確に無情に、そして果てしなく永遠に。


（次巻に続く）

RYU NOVELS

パシフィック・レクイエム
黒十字と三色旗への使者

2018年3月22日　　初版発行

著　者　遙《はるか》　士伸《しのぶ》
発行人　佐藤有美
編集人　酒井千幸
発行所　株式会社　経済界
〒107-0052
東京都港区赤坂 1-9-13　三会堂ビル
出版局　出版編集部☎03(6441)3743
　　　　出版営業部☎03(6441)3744
振替　00130-8-160266

ISBN978-4-7667-3257-3

印刷・製本／株式会社光邦

Printed in Japan